被偷走的那五年

八月长安 作品

湖南文艺出版社
HUNAN LITERATURE AND ART PUBLISHING HOUSE

博集天卷
CS-BOOKY

序

黄真真 / 文

若说"时间偷走了爱情"，相信很多人会理解，也可能经历过。但若说"被偷走了时间"，爱情却"又重来"，这个嘛……你可能要想一想……

就凭以上两个想法，我写下了《被偷走的那五年》的剧本。从写剧本的第一天，至拍摄、剪辑、配乐、调色……到整部片子完成，我想我看过这部片子不下一百次。每一句对白、每一种情绪、每一个画面、剧情的转折……都已深深地印在我的脑海里，可以说天下没有人比我更熟悉这个故事了吧！

想不到，一个星期前的一个早上，八月长安给我送上了一份惊喜。

早上，8时45分，同名小说《被偷走的那五年》已发到我的邮箱。因为要赶飞机回香港，我便一手抱着电脑上机，迫不及待地看看小说的细节和电影有没有差距。

在这两个多小时的旅程中，我竟一口气把小说看完。一口气并不单单是因为我的好奇心，而是因为作为一个读者，我感到这部小说非常有追看性。

八月长安的文笔清新、爽朗又非常细腻。小说里，她把一些剧情稍做改动，延伸了角色的细节和背景，带你进入无限的想象空间。

无论你选择先看小说再看电影，还是先看电影再看小说，相信它们都会给你两段各自精彩的经历。谢谢八月长安。

目录

第 一 章 ——————————— 最好的故事都发生在夏天 ／ 001

第 二 章 ——————————— 被时间抛弃的人 ／ 015

第 三 章 ——————————— 往事并不如烟 ／ 027

第 四 章 ——————————— 月亮代表谁的心 ／ 039

第 五 章 ——————————— 你装给谁看 ／ 053

第 六 章 ——————————— 自卫反击 ／ 069

第 七 章 ——————————— 面包屑和小鸟 ／ 081

第 八 章 ——————————— 七月七日晴 ／ 099

第 九 章 ——————————— 我从来不问的，你从来不说 ／ 121

第 十 章 ——————————— 我们曾经那么好 ／ 133

第 十 一 章 ——————————— 赏味期限 ／ 155

第 十 二 章 ——————————— 对不起 ／ 171

第 十 三 章 ——————————— 我只记得你 ／ 187

第 十 四 章 ——————————— 被神遗弃的你 ／ 201

第 十 五 章 ——————————— 那些生命中最重要的事情 ／ 219

CONTENTS

第一章 / 最好的故事都发生在夏天

有人说，幸福来临时，人们往往对此毫无知觉。

才不是。比如何蔓现在就很清楚，比任何人都清楚幸福的意义。

她的幸福就在眼前，站在光芒里。

♡

1.

何蔓是被呼噜声吵醒的。

梦境渐渐模糊，薄薄的眼皮挡不住窗外的大好天光。何蔓懒懒地抬起胳膊挡在眼睛上，另一只手则使劲儿地往床的另一边推去。

"谢宇，醒醒，你吵死我了，呼噜声怎么那么大啊！"

却推了个空。何蔓的手在床单上来回摸索，渐渐觉得不对头，这才睁开眼睛。

谢宇早就穿戴整齐，正倚在门边嘴角带笑地看着她。

何蔓懵懂地看了看四周，均匀的呼噜声依然没有消失。她的手碰到了一个凉凉的物体。

是DV。

何蔓坐起身，一把拉过DV。画面里睡相不羁的女人格外眼熟。

似乎是为了印证她的猜想，画面忽然推进，特写。

是何蔓自己，嘴角流着口水，睡得酣甜，呼噜声像新生的小猪，有时候还停顿一下，吧唧一下嘴巴，然后无缝对接，继续打呼。

何蔓缓缓转头去看门口的谢宇。

谢宇已经笑得直不起腰。

"这下有证据了吧？还说自己是睡美人，美人，你老家是高老庄吧？我把这个放在你旁边播放，两个一起打呼，像二重唱一样！"

何蔓气得满脸通红，手中的DV眼看就要扔向谢宇。谢宇大惊失色，赶紧摆出要接住的架势，没想到，何蔓自己收回了手。

"不行，这个太贵了。"

何蔓自言自语，话音未落，已经用另一只手抓起枕头狠狠地砸向谢宇的面门。谢宇一个闪身堪堪躲过，然后一个箭步上前，从何蔓手中抢回了DV，故作得意地欣赏着。

"听听这打呼声，看看这口水！"

何蔓尖叫着跳起来，开始伸手抢夺谢宇手上的V8："快给我，把它删掉！"

谢宇嘴角一歪："才怪，这可是我的私人珍藏！"

何蔓气急败坏地跳起来抢，可谢宇人高腿长，她整个人扑上去，倒成了一只挂在树上的傻猴。一阵翻滚抢夺后，何蔓不但无法从谢宇的手中抢过V8，最后还被他按住双手，成"大"字形压制在床上。

"我警告你，把我新做的指甲碰坏了，我跟你没完！"何蔓扭来扭去，小心地保护着自己的手。

谢宇低下头，坏笑着看进何蔓的眼睛里。

"你晚上吵得我睡不着，还敢来威胁我? 说，你该怎么补偿我?"

何蔓整个人傻了一瞬，反应过来后继续挣扎："什么啊! 我这么美艳动人，你却天天拍我的丑态，明明是你该补偿我才对!"

"哦是吗，那就让我来补偿你吧，嘿嘿……"

看着谢宇满是淫笑的脸庞，何蔓一愣，忽然害羞地垂下了眼睛。

"不要啦! 昨晚我们才刚刚有过……"

正当何蔓喃喃自语时，谢宇已经抓起床上的大棉被，把何蔓跟自己罩在被单中。

然后被单里传来长长的、悠远的一声"噗"……

何蔓捂着鼻子从棉被中突围，挣扎中一屁股坐到了地板上，指着谢宇大骂："谢宇，你变态! 我要离婚!"

谢宇哈哈大笑着上前，紧紧搂住何蔓。

"你打呼噜我放屁，咱俩这种情况，特别适合白头偕老。"

2.

旅行是一定会吵架的。

何蔓的姐姐、姐夫在蜜月旅行的时候就从头吵到尾，吵架原因不外乎"让你从家里带大瓶防晒油你偏说嫌沉，你看当地都卖得这么贵，还不知道是真是假""明明知道要走那么多路，你偏要穿这么不舒服的鞋子""跟你说了昨晚打好包今天早上就不至于这么赶时间"……

面对何蔓的不解，姐姐何琪却轻描淡写："夫妻哪有不吵架的，越是旅行越爱吵。"

"就没有不吵架的？"

何琪翻翻眼睛："什么时候你混得好了，一出门就可以带着十个八个助理帮你打点行程、打包、在机场推箱子，估计就可以不吵架了。"

何蔓没有再说什么，私底下和谢宇发誓，以后他们蜜月旅行的时候，绝对不吵架。

结果两人在去机场的出租车上就拌起了嘴。

眼看就迟了，到底是怪何蔓化妆花了太多时间，还是怪谢宇拿着DV拍来拍去不帮忙收东西，两人争执半天也没结果。从坐着吵架变成提着箱子在机场边跑边吵，直到坐上飞机才安静下来，气鼓鼓地谁也不理谁。

直到飞机落地，两人从到达口的自动门走出来，棕榈树在热浪中招摇地摆着叶子，媚眼如丝，何蔓嘴角不由自主地上扬。

她眼角瞟到谢宇的表情也松动了，心里偷着乐，想跟他说点儿什么，想了想，又抿紧嘴巴。

这次蜜月旅行她是女王，才不会主动求和。

两人坐上出租车，将早就用当地语言写好酒店名字的纸卡递给司机。司机比了个OK的手势，发动了车子。他们在后排各自倚着一边的窗子，看风景。

何蔓的手机嗡嗡振动了两声，她有些诧异，赶紧从手包里拿出来。

短信息竟然来自谢宇。

内容是："喂，跟我说话。"

何蔓盯着屏幕脱口而出："凭什么！"

说出口，她才意识到自己破功了，转过脸一看，谢宇正在那边捂着嘴乐。

"你有毛病啊，国际漫游很贵的！"

何蔓恼羞成怒，冲过去掐他的脸。谢宇反手一抱，把她搂在怀里就低头吻了上去。

这回什么都不用说了。

语言不通的司机从后视镜瞟了一眼，笑弯了眼睛。

爱情这种事情，从来都是无国界的。

3.

何蔓推开酒店房间大门，映入眼帘的是一张King-size（最大号）双人大床，床上用玫瑰花瓣排成了一个心形图案，旁边的床头柜上放着一盒巧克力和一个银色冰桶，冰桶上还插着一瓶香槟。

何蔓看见房间摆设成这样就笑了，转身向身后的谢宇念叨："蜜月套房怎么都这样啊……这不会是你安排的吧？"

谢宇不为所动："那你觉得是好还是不好啊？"

何蔓笑着摇摇头："好……土。"

谢宇淡定地说："那就是酒店自作主张的，跟我没关系。"

服务生将两个大行李箱从行李车上搬下，放在架子上，用当地语言向他们鞠躬道别。门一关上，谢宇就直接倒向大床。

"好累！今天好赶！"

何蔓也顺势倒在他旁边："还说呢！让你昨晚就整理好行李，你偏偏早上起来才整理，还拖拖拉拉，拿着DV拍来拍去，害得我们差点儿赶不上飞机！"

"你是被按了replay（重放）键了吗？怎么又提？出租车上没吵够？"谢宇支起身子，眼睛一转，"还是说……没亲够？"

何蔓笑着推开扑上来的谢宇，拉着他起身。

"起来做什么？我要睡一下。"谢宇又要躺回去。

"不要啦！"

"是睡床又不是睡你，你反对什么？"

"你看看，你把心都压散了！"何蔓把谢宇推向一边，开始整理被弄乱的玫瑰花瓣。

谢宇哼了一声："不是嫌土吗？干吗还整理？"

何蔓理所当然地回答道："再土也是蜜月套房啊，当然要先拍一张秀给别人看，让大家都羡慕一下！"

"虚荣！"谢宇不以为然地回了一句。

何蔓丝毫不理会，俯下身仔细把花瓣排成原来的心形，接着从包包中拿出DV，开始拍摄起自己的蜜月套房来。

何蔓一边拍一边得意起来："小环看到一定会羡慕死，哈哈！"

她本以为旁边不甘沉默的谢宇会趁机回几句嘴，没想到，竟然一点儿反应也没有。

何蔓转头一看，发现谢宇坐在地毯上，背靠玻璃门，已经快要进入梦乡。

她放下手上的DV，大步走过去，一把将躺在地上的谢宇拉起来：

"你这个懒鬼，给我起来啦！"

"有的是时间慢慢拍嘛，让我先睡一会儿。"

"明天就没有玫瑰花床了，机不可失，你配合一下，站到阳台上往外面看，我要拍海景和你的背影。"

"拍我背影干吗？"

"秀恩爱啊。"

"秀恩爱，分得快。"

"那都是妒忌。快去快去啦！"

何蔓不得已，施展了狮吼功。谢宇心不甘情不愿地走向阳台，双手扶在栏杆上，面朝大海，留给何蔓一个逆光的背影。

只是一个背影，她却拍了很久。

谢宇摆了半天pose（姿势），发现何蔓没了动静，迟疑着问道："拍好了没有啊？你会不会拍啊，video（录像）是要动态的，一动不动的是照片！"

他回头，看到何蔓盯着取景框，眼睛有些红。

"傻瓜。"谢宇不由得微笑起来。

有人说，幸福来临时，人们往往对此毫无知觉。

才不是。比如何蔓现在就很清楚，比任何人都清楚幸福的意义。

她的幸福就在眼前，站在光芒里。

4.

夜晚悄悄降临。

饭店的泳池边燃起一把把火炬。轻快的桑巴音乐在空气中流淌奔放。何蔓微微有些醉意，四周摇曳的棕榈树像是在跳舞，又或者，在跳舞的，是她的眼神。

泳池边，厨师们正忙碌地准备BBQ（户外烧烤）大餐。谢宇和何蔓依偎在一起，默默饮着酒，脸上带着笑意，却没有讲话。

这是海边蜜月的最后一晚，这几天，谢宇和何蔓几乎玩儿遍了沙滩上所有的活动，水上机车、海边浮浅、沙滩排球、水上气球行……谢宇一直被晒得懒洋洋的，几乎是被何蔓拖着完成了这些项目，不过，到最后玩儿得更起劲儿的往往是他自己。

何蔓全身似乎充满了用不完的活力，像一道光。他一直为此深深着迷。

烤好的海鲜终于端上了桌，就在谢宇和何蔓大快朵颐时，餐厅经理突然拿起麦克风，指着谢宇跟何蔓的桌位，对全场说起话来。

餐厅经理用生硬的中文声情并茂地说道："各位！我们今天晚上有一对来到这里度蜜月的新婚夫妻！让我们一起给这对新人一点儿掌声，好不好？"

全场响起热烈的掌声，谢宇和何蔓有点儿不好意思。

餐厅经理接着把麦克风递给谢宇，问他："来来来，这位先生，有没有什么话想对你的新婚太太说？"

谢宇接过麦克风，转头看向何蔓，何蔓这时也刚好转头看着谢宇。

就好像两个人的视线里藏着一整个世界。

谢宇轻咳两声，假装在酝酿。

"别装了，我知道是你安排好的。"何蔓小声说。

谢宇嘴角一抽。

"就不能装作很惊喜吗？"他把麦克风拿远，也轻声说道。

何蔓吐吐舌头："好吧，再给我一次机会。"

说完，她双手合十，摆出一副惊喜感动的神情，双眼亮晶晶地看向谢宇。

谢宇做出呕吐的样子。

"完蛋了，想好的说辞都吐出去了。"

还没等何蔓发飙，谢宇就拿起麦克风，微笑着对全场说："在我很小的时候，外婆带我去找一个很神奇的半仙儿算命。半仙儿说我命格不好，要一生行善才能改命。所以，我从小就决定要做一个好人，我做过很多善事，其中最大的一个善举，就是……"

他停顿了一下，看向何蔓。

"就是为了全世界男人的幸福，牺牲自我，把她这个野蛮女友娶回家了。"

全场发出善意的笑声，何蔓气得把手上拿着的餐布扔向谢宇，被谢宇一把抓住。

"喏，"谢宇笑得更欢，"我的野蛮老婆在用实际行动给大家做自我介绍。"

何蔓正要发作，谢宇忽然收起笑容，温柔地看进何蔓的眼里。

"我喜欢你对我发脾气，不觉得自己需要忍受，反而很享受。我喜欢看到你紧张我的样子。所以，谢谢你老婆，谢谢你把野蛮都留给我。算命的半仙儿说过，只要我一生行善，命运就会用最好的回报奖励我。看到你的那一刻，我才意识到，原来这个回报，真的是最好的。"

何蔓定定地看着谢宇，泪眼模糊。

"我希望，这一生，你都只对我野蛮。老婆，我爱你，永远永远爱你！"

烟花在欢呼声中升上天空。何蔓说不清楚，为什么那一晚的烟花格外动人。也许是泪水成了滤镜，定格成了最美的效果。

5.

时间刚过午夜十二点，一天就这样跳到了另一天。

黑夜把海岸线拉得更长，月色使人心变得更柔软。谢宇骑着摩托车飞驰在无人的海边公路上，何蔓坐在后座，单手紧紧搂着他的腰。

"看，月亮。"

谢宇笑："我在骑车啊，怎么看？"

何蔓用另一只手举着DV："那我帮你看好啦！你放心，我全都拍下来了，回头你可以慢慢看！星星、月亮、大海……"

谢宇没有回答，依旧紧盯着路的尽头，嘴角却悄悄地上扬。

沿路的景色拍得腻了，何蔓就放下DV，下巴轻轻地放在谢宇的肩窝上，忽然傻笑起来。

"笑什么？"

"我上学的时候，一直都是那种很乖的好学生。班里也有很早就恋爱的女生，放学的时候坐在很帅很有型的男朋友的摩托车后面，很招摇地穿过人群离开。我当时表面上很不屑，实际上，心里是有一点儿羡慕的。"

"现在不是圆梦咯，"谢宇笑，"你终于坐上摩托车了。"

"是啊，不过可惜了，"何蔓坏笑，"还缺一个很帅很有型的男朋友。"

谢宇闻言忽然一个减速，何蔓撞到谢宇后背上，吓得尖叫起来。谢宇得意地笑笑，重新加速。

"小姐，你的命都在我手上，讲话注意一些。"

何蔓嬉皮笑脸地从背后亲了亲谢宇的后脑勺儿。

"我真希望这条路开不到尽头。"

谢宇说完，两个人都沉默了一下。

蜜月就要结束。

这个海边小城永远是夏天。

人生最好的事情，永远都发生在夏天。

可惜他们必须离开了。

何蔓有些舍不得，却不想沉浸在这种感伤中。她重新拿起DV，转而自拍。

"献给我青春期的遗憾。"她对着DV说，笑得非常甜蜜。

"这是美少女何蔓，"她把DV的镜头对准自己，然后又对准大海，"这是月光下的海。"

"这是拉风的摩托车。"

"这是……又帅又有型的男朋友！"何蔓大声笑道。

画面中的谢宇只露出半个侧脸，英挺的眉宇在月光下忽隐忽现。

"吻我。"何蔓轻声说。

"我在骑车呀，"谢宇笑道，"还戴着安全帽呢！你疯啦？"

"不管嘛！转头，吻我！反正路上也没其他人啦，没事的！"

何蔓整个人都贴到了谢宇的背上，轻声说着。

　　谢宇被逼得没办法，迅速转头，快速地吻了何蔓一下。何蔓一只手拿着DV，想把它拍下来，可实在是太快了，没拍成功。

　　"没拍到啦，再吻一下，再吻一下嘛……"

　　"不要，太危险啦！"谢宇觉得现在要坚定一下立场。

　　"老公，好老公，来嘛……"何蔓开始各种撒娇，贴着谢宇的耳朵一直念。

　　谢宇心里也痒痒的，应该不会有事的，而且，这样的一个吻的确很有意义。他再次转头吻了何蔓一下，这次吻的时间比较久。

　　何蔓终于高兴地说："拍到了！拍到了！哈哈哈！"

　　谢宇头还没转过去，就看见何蔓的脸色突然从高兴转为惊慌。

　　何蔓大声喊着："树！树！"

　　谢宇赶紧转头看向前方，但已经躲避不及。

　　何蔓眼中的海岸线纠结成了一团，在她的视野中快速闪过，最终沉淀为一片灰暗。

第二章 ／ 被时间抛弃的人

离婚。其实这两个字就像有人给她剧透了一部她压根儿没看过的电影，原本不会给她多大冲击。她真正难过的，是思念，是醒过来后就在侵蚀她的想念。

♡

1.

何蔓路过一间大病房，里面六张床上的病人和家属都在仰着头看电视。墙上高挂的电视里正在播出一部颜色鲜艳的偶像剧，女演员在病床前声泪俱下地摇着男演员的肩膀，一遍遍地哭诉：

"你忘了我吗？你真的忘了我吗？快说，你是在骗我！"

一个女孩儿一边啃着苹果一边走进病房，与何蔓擦肩而过。屋里一个穿着蓝白相间病号服的中年女人回头笑着跟她说："你猜对了，他的确失忆了。"

"刚才一看到车祸情节我就猜到了，"女孩儿把苹果皮嚼得嘎巴嘎巴响，"一出车祸，准会失忆。"

"太能编了。"好几个人一起感慨道。

何蔓站在她们背后的门外，抬头看看电视，又转头看看门玻璃反射出的自己，摸了摸头上的绷带，有点儿不好意思地笑了。

她看向走廊尽头，慢慢地，那句声嘶力竭的台词从脑海中浮现出来。

"快说，你是在骗我。"

何蔓喃喃自语。

2.

何蔓回到病房，姐姐何琪正坐在窗边削苹果。

"上个厕所怎么那么慢？是不是又头晕了？"

何蔓摇摇头，坐到床上。

"要是还觉得头晕，我就去跟医生说，让你再多住两天，别急着出院了，还是应该多观察观察。"

何蔓不想继续聊这个话题，看到何琪手中的苹果，随口问道：

"你怎么又削苹果，上次给我削的我都没吃，后来被护士扔了。你又不是不知道，我本来就不喜欢吃苹果。"

她的语气有点儿不耐烦。何琪早就知道，她自打醒来后脾气就不好，所以从来没跟她计较过，不管何蔓怎么抱怨，何琪都是笑嘻嘻的。

"我从小到大就没有照顾过病人，好不容易逮到机会，当然要把经典的桥段都照着来一遍。小时候看偶像剧，我最羡慕能给病人削苹果的女主角了。"

何琪喜滋滋地继续低头认真地削苹果，苹果皮一圈儿一圈儿地垂下来，宽窄不均，却神奇地没有断。

何蔓看得愈加心烦，伸手就把摇摇欲坠的苹果皮扯断了。

这回何琪不乐意了。

"你干什么呀！"她叫出声，"这次我好不容易……"

"一个失忆的就够像偶像剧了，你就别在这儿雪上加霜了行吗？"

何蔓说着说着，眼圈儿又红了。何琪不再作声，放下苹果，起身坐到她身边，轻轻地搂住了她。

"姐，你告诉我吧，谢宇到底为什么不来看我？他到底出什么事了？是不是在怪我？"

何琪眼神闪烁，欲言又止。

"他是不是怪我，要不是我捣乱，我们好好的，也不会出车祸……"

何蔓说到一半，自己先愣住了。

在住院期间，她无数次问起谢宇的伤势，也无数次为自己当时的行为自责，何琪怎么劝都没有用。

但这是第一次，何蔓自己停了下来，告诉自己，那都是五年前的事了。

她拼命地想拉住五年前海边的月光，不愿意像其他人一样跟着时间离开。

时间拉不走她，就彻底抛弃了她。

3.

十天前，何蔓从一片黑暗中醒来。

等到眼睛慢慢适应了周围的光线，她才察觉到自己是在医院里。这时，一张熟悉的脸孔映入何蔓的眼中。

姐姐何琪惊喜地大喊："感谢老天！你终于醒了！医生医生……"

何琪一边大喊着医生，一边冲向病房门口，跑到一半才想起来病床前就有呼叫铃可以按，于是又折返回来用力按了好几遍。

何蔓觉得自己的头昏沉沉的，还什么都没反应过来，就被医生护士们给围了起来。

医生一边用手电筒检查何蔓的瞳孔，一边问她问题。

医生："请问，你叫什么名字？"

何蔓不想理任何人，她的脑子很混沌，后脑勺儿有一个地方隐隐地疼，太阳穴也突突地跳。是因为昨晚喝了太多红酒吗？可是为什么姐姐会在这里？对了，是车祸！谢宇呢？谢宇还好吗？

她声音嘶哑地张口就问："谢宇呢？"

没人回答。只有姐姐何琪的脸上浮现出一丝诧异。

何蔓想看一下旁边的床位，但又有点儿看不清楚。这时医生用更大的音量再次问她："你好，你还记得自己叫什么名字吗？"

何蔓回过神儿来，轻声答道："何蔓。"

医生紧接着问道："你记不记得自己为什么在医院？"

何蔓迟疑了一下，接着一堆混乱的画面涌入脑中：泳池边的烤肉晚会、水上气球行、满天的星星、长长的海岸线……最后的画面是飞速闪过的海岸线和熄灭的月亮。

何蔓的泪水夺眶而出。

"姐，谢宇，谢宇他没事吧？！姐，谢宇呢？"

何琪愣了一下，一时没说话。何蔓都快急死了，却真的一点儿力气都没有了。她想大声喊一声，可叫出来的声音始终很微弱："谢宇！姐，谢宇怎么了？你别瞒我，他在哪儿？"

何蔓的泪水像是不受控制一般，心脏在胸腔跳得厉害，不好的预感让她嘴唇颤抖。

既然姐姐都来了，车祸一定很严重吧？谢宇不会出什么事吧？

何蔓睁大了眼睛，却只能倒在何琪的怀里不住地流泪。

"出事时，你跟你老公在一起？"

医生轻轻地抛出这个疑问，何蔓脑子里"轰"的一声。

怎么？难道谢宇失踪了？

她挣脱何琪，虚弱地拉着医生的手说："是啊！我们骑摩托车夜游，不小心撞到了一棵树……他人呢？你们没看到他？不会吧！我们只是撞了一棵树而已！"

何蔓哭着哭着，只觉得自己脑子里的一根弦"砰"地一下断了，黑暗再次降临。

4.

何蔓迷迷糊糊中感觉自己被推进了什么大仪器里，医生们似乎又在给自己做什么检查。她还想继续问谢宇的状况，眼皮却那样沉重，只能勉强睁开一道缝，随即再次沉入一片黑暗。

黑暗，像那一夜的海，不再有月光。

何蔓再次醒来的时候，发现只有姐姐在身边。

　　她觉得可能真的大事不妙，告诫自己，不能再晕过去了，要镇定，然后深吸了一口气，轻轻推了推睡着了的姐姐。

　　"你醒啦？"何琪很高兴，又要去按呼叫铃，却被何蔓拉住。

　　何蔓哀求的眼神让何琪有些手足无措。

　　"何蔓，你别急，你听我说……"

　　"你就直接和我说，谢宇到底怎么了！"何蔓觉得自己的视线又模糊了，全是泪。

　　"我之前就想问你，你说的……该不会是蜜月旅行的车祸吧？"

　　何琪的语气怪怪的，像是在提起一件很久之前发生的事情。然而何蔓没有精力去探究她这样说的理由，只是狠命点头，晃得有些眼冒金星。

　　"你……你不会以为自己的车祸是……"

　　"你别吞吞吐吐的，快说啊！"

　　何琪也深吸了一口气，这深吸的一口气把何蔓的心都快要吸出来了。

　　"如果你说的是蜜月车祸的话，那么，谢宇没事。"

　　何蔓的脸上慢慢绽放出笑容，像一朵终于盛开的花。

　　"可是，"何琪小心地看着何蔓，"我奇怪的是，你到底怎么了？"

　　"我怎么了？我现在不是醒了吗？"

　　"我的意思是说……"何琪表情为难地纠结了半天，"你，你跟他，半年前就已经离婚了呀！你怎么好像全不记得了？"

　　何蔓的笑容凝结在嘴角。

　　"离婚？！"

她太惊讶了，反而笑出声来。

出车祸的是自己，怎么把姐姐的脑子撞坏了？

何蔓笑着纠正道："姐，你没事吧，我跟谢宇半年前还没结婚呢，怎么就离了？我俩刚度蜜月好不好？！"

何蔓说着，习惯性地用右手手指去转左手无名指上的结婚戒指，却摸了个空。

她定定地看着自己的手。

手指干干净净的，像是谁在夜里偷偷溜进来，残忍又无聊地把她为了蜜月新做的指甲全都洗掉了。

5.

何蔓面无表情地坐在诊疗室里。何琪拉着她的手，一脸关切地看着墙上发亮的灯箱，上面挂着何蔓的几张脑部X光片。X光片的主人却魂不守舍，整个场景看起来，倒像是何琪生病了一样。

在何蔓发愣的时间里，医生指着那几张X光片，对她们两个做着说明。在毫不留情的白色灯光照映下，一串串专业术语向着何蔓袭来，这场景太过清晰和冷静，丝毫不像是梦。

她多么希望这是梦。

"这几天，我们对何小姐的脑部做了些检查。何小姐的CT和MRI检查结果都很正常，我们暂时未发现何小姐的大脑有任何异样。但由于人脑的构造非常复杂，再加上何小姐在车祸时曾经撞伤了头部导致昏迷了一个月，目前我们只能猜测，她是因脑震荡引起了短暂失忆……"

"失忆？我怎么可能失忆，这也太像小说了，"何蔓失笑，"我还记得我姐啊！我也记得……记得很多事！这怎么会是失忆？"

她直面另外两个人有些惋惜又有些无奈的目光，硬着头皮，拒绝接受。

来诊疗室之前，何蔓躺在病床上，忽然灵光一闪。她怀疑这一切都是谢宇策划的，就像泳池边烧烤晚会上那个主持人送来的祝福和漫天烟火一样。他只是想和劫后余生的自己开个小玩笑，测试自己是不是真的爱他吧？

"如果你一觉醒来，已经是五年后，我们已经分开了，你还会义无反顾来找我吗？"

他总是喜欢这么做，问她奇怪的问题，还会用DV把这些问题都录下来，防止她耍赖反悔。

他说，这样人生才不无聊。

他一定藏在某个地方，用DV悄悄记录着她慌张又迷茫的样子。

尽管姐姐看护她时一直在玩儿的那个叫iPad的古里古怪的平板电脑、写着2012年的报纸和杂志，还有她自己的理性逻辑和智商，都在清楚地告诉她，这个谎言太庞大和真实了，谢宇策划不来。

只有时间。只有时间能做到。

恍惚中，何蔓听到医生一直在耳边说："何小姐，失忆的情况分很多种，根据你所说，你最后记得的就是你的蜜月旅行。所以，你是属于暂时丧失部分记忆的患者。"

他的语气太有说服力，太像一个有责任感的医生了。何蔓彻底绝望了。

何琪始终紧紧拉着何蔓的手，直到微微汗湿。

"那么，那么……我妹妹，她什么时候才能重新记起来啊？"

何蔓这时才将注意力转向医生。

这是目前她除了谢宇之外最关心的问题。她的脑海中有太多为什么，五年的时间碎成粉末，埋葬了那么多秘密，也埋葬了她的感情。除非她自己想起来，否则谁也不能帮她重新拼完整。

"每个人的情况都不一样，有人在几个星期后便回忆起来，有人则用了一年多时间，也有些人到最后还是什么都不记得，所以我们也不能告诉你一个确实的时间。不过在这段时间，我建议你妹妹尽量跟家人、朋友，或者所有熟悉她过去的人多相处，这样会有助于她找回从2007年起失去的五年记忆。"

"好啊！"何蔓忽然站起身。她起身太急，差点儿又眼前一黑，连忙扶住灯箱。

"我现在就去找能帮我恢复记忆的人，我要去找谢宇。"

不知怎么的，自打醒来后就积蓄在胸腔的情绪汹涌起来，何蔓再也无法抑制住。

她醒过来已经整整一天了，他没有打电话给她，没有发短信，没有问候。

他们离婚了。

凭什么。

这些人随随便便就说她失忆了，像穿越时间一样把她扔在未来世界，面对一大堆闻所未闻、用也不会用的科技产品，听着人们谈论她完全不知来龙去脉的娱乐圈八卦和社会动态，费劲儿猜测着含义不明的网络词语……

时间丢给她潮水一般汹涌的信息和新闻，却带走了她最重要的人。

就像睡了一觉，醒来后，前一天对着烟火说永远爱你的人，现在却杳无音信。

她凭什么要接受。

何琪抱住她："蔓蔓，你冷静一点儿，你现在不能出院。"

何蔓像疯了一样挣脱何琪，跌跌撞撞地往门口冲去。她虽然平时是个活泼的人，却最厌恶在公共场合撒泼打滚儿不知分寸的人，但是现在她顾不了，心中的委屈如洪水开闸，她拦不住。

她想他。

离婚。其实这两个字就像有人给她剧透了一部她压根儿没看过的电影，原本不会给她多大冲击。

她真正难过的，是思念，是醒过来后就在侵蚀她的想念。

她想抱抱他、亲亲他，告诉他自己很害怕，想回到那个永远都是夏天的海边小城，坐在他身后，沿着海岸线走一段没有尽头的路。

谢宇，我很想念你。

何蔓没能走到门口，就再次眩晕在一片迷蒙的雾中。

第三章／往事并不如烟

何蔓在内心里已经对这五年中的自己开始有种愤恨的情绪了。因为不记得，所以连自己也成了陌生的敌人——这个敌人苍老了她的容颜，离散了她的爱人。

然后扔给她一个烂摊子，强迫她接盘。

♡

1.

直到出院那天，除何琪外，没有任何人来探望何蔓。

何蔓自认虽然不是长袖善舞的社交能手，但也算一个讨喜的人，有不少朋友，也早就融入了老公谢宇的朋友圈，甚至和公司的同事、老板也都相处融洽。按理说，不应该连一个关心她的人都没有。

就算离婚了，好歹也是五年的夫妻。一日夫妻百日恩，何况是五年。他们在一起的时候那么好、那么亲密，他怎么能够这么冷漠？

如果说谢宇已经变成了冷漠的"前夫"，那么小环呢？从小一起长大的情谊，怎么也可以对她不闻不问呢？

但是何蔓没有开口询问。何琪对她的疑问大多很回避，即使说起来，也含含糊糊的，最后干脆告诉她，自己知道的压根儿就不多。

"你以为还是以前啊，屁大点儿事你都会跟我这个姐姐说。你可是大忙人，平时给你打个电话，都冷冰冰地跟我说要是没有什么急事就赶紧挂断。我只知道你们关系越来越差，哪儿有机会听你说为什么。"

何蔓无奈，但也接受了现实。

在病房的最后几天，她学会了用何琪的iPad玩儿"植物大战僵尸""逃离古庙"和"愤怒的小鸟"；还在医生许可的用眼程度内，恶补了一下这几年发生的大事件，汶川地震、日本海啸，看得她一惊一炸。

又用iPad看了电影《2012》。

何蔓哀叹连连，看到一半忽然暂停，对着一旁仍然在专心致志削苹果的姐姐由衷地发出感慨：

"姐，如果我以后真的什么都想不起来了，你们还不如告诉我，2012年地球毁灭过一次，我认识的人都在灾难中死光了。"

"想得美，"何琪头也不抬，"自己一手把朋友老公都弄丢了，就盼着人家遇难？你这是什么品德？！"

何琪忽然意识到自己讲话实在太直接了，恐怕会刺激到何蔓，连忙偷偷抬眼观察她的反应。

何蔓失笑，似乎没太放在心上。

人的接受能力到底有多强，只有真的遭遇过重创的人才会了解。只要还想活下去，就必须接受。

一开始何蔓还试图解开一个个谜题，然而真的想要开口问何琪时，才发现自己面对的根本不是一道道选择题。

是一片空白，像考试卷上的最后一道论述题，她拿着笔，不知从何处写起。

何蔓轻轻叹息。她越来越平静了。

何琪看到她这样安静，反倒更加不忍。

"你也别把话说得太早，这电影拍的是今年12月21日发生的灾难，现在还没到那个日期呢，说不定真会末日。"

"是吗？"何蔓看向窗外，淡淡地笑。

那可真是太好了。

2.

站在医院门外，何蔓对这个世界充满了陌生感。

更确切地说，是不真实。

是她脑海中遗忘的那五年，让她对这一切有莫名的隔阂感吗？何蔓搞不清自己现在的心情，新生的喜悦抑或重生的混沌？还是根本没有去面对这一切的勇气？

何琪朝远处开来的一辆车招手。

"上车吧，你姐夫已经把你在医院的东西都放到车上了，我们把你送回家。"

何蔓上车后跟姐夫打了个招呼，看他的侧脸，好像的确老了一些。

姐夫一直在打电话。何琪一上车，就把副驾驶位上的包提起来交给何蔓。

"你的包。出车祸之后警察送到医院的。手机撞坏了，屏幕全碎掉了，以后给你再买个新的吧。不知道你自己有没有定期在电脑上备份联络人，要是备份了还可以重新导进新手机……唉，我跟你说这些，你现在也听不懂，到时候我教你怎么弄吧。"

何琪关心地絮叨着，何蔓却反复摩挲着手中陌生的包。

"这是我的包？"何蔓笑，"怎么长得这么奇怪，像个机器人的脸。"

"这可是2011年Celine（赛琳品牌）最热的It Bag，大家都叫它笑脸包，"何琪道，"你特别喜欢，还跟我炫耀来着呢。"

何蔓看着手上的名牌包，简直无法相信。她蜜月时和谢宇一起逛街，好不容易咬牙决定买一款包还得算计半天退税政策的样子，清晰得就像发生在昨天。转眼五年，已经这么不一样了。

她打开皮包，发现里面有一大堆卡片，信用卡、奢侈品门店VIP卡、商店积分卡、Spa会员、Gym会员……何蔓拿出来逐一研究。大部分卡，她已经忘记是如何得来的了。

何蔓之前一直对自己和别人的关系耿耿于怀，直到这一刻，看到"现在的何蔓"生活的真实印记，才开始好奇这被遗忘的五年里，她自己过的是怎样的生活。

"姐，看来这五年里，至少我生活上没有亏待自己。我实在是太会花钱了吧？谢宇，谢宇是因为我太能花钱才和我离婚的吗？"何蔓问。

现在说起"离婚"这两个字，已经没有那么刺痛了呢。何蔓自嘲地笑笑。

何琪一面给老公指路，一面回答何蔓："你都已经是你们公司的创意总监了，赚得多花得也多，很正常。谢宇可能还没你赚得多吧？你们之间的事情，我真的不是很清楚……唉……"

又回到何琪"不清楚"的话题了。

何蔓还想要再问点儿什么，出租车已经开到了一栋公寓大楼门口。

"这是……"

"你家啊，你离婚……反正是你自己租的公寓。"何琪打开车门，和老公一起张罗着把后备厢里的东西往下搬。

"这不是我家。"何蔓满脑子都是真正的"自己家"，委屈了好一会儿才无奈地下车。

姐夫接了个电话，示意她们先上楼。何蔓跟着何琪走进电梯，电梯门一关上，两人面面相觑。

"怎么了？"何蔓一头雾水。

何琪叹口气，皱眉想了想，才有些不确定地按下了十九楼，又想了想，把十八楼的按键也按亮了。

"我也记不清了，"何琪说，"我上次过来还是帮你搬家的时候呢，分别看一眼吧，不是十八就是十九。"

何蔓盯着指示灯，一路沉默。

3.

打开公寓大门，映入眼帘的是一堆未开封的纸箱，堆在房间的地板中央，乱七八糟的。

何琪叹了一口气："你怎么搞的，都搬进来好几个月了还没整理，这是人住的地方吗？"

何琪一直都是刀子嘴豆腐心。做家务的时候嘴巴一直念，劳心劳力还招人烦。

何蔓看着她收拾，问题忽然脱口而出：

"我和谢宇，到底为什么离婚？"

她终究不死心，而且，她也不相信自己的姐姐会对自己离婚的原因一无所知。

再不了解，总归也知道一点儿吧？

何蔓的声音弱弱的，她随手拉起盖在沙发上的白布想要坐下，白布扬起的灰尘惹得何琪一阵咳嗽。

"咳咳……我真的不是很清楚，那时候问你，你也不说。只知道你跟他在最后那两年过得很不开心，常常吵架。不过虽然你们离婚了，但谢宇还是挺关心你的。"

"关心什么，"何蔓想起来就鼻酸，"我出这么严重的车祸，他连来看看我都做不到。"

她一直没跟何琪提起自己的不满，此刻终于有了由头，说着说着，最后一个字都有点儿带着哭腔了。

"谁说的，你昏迷期间，他来看过你好几次呢。"

听到谢宇还是关心自己的，何蔓脸上闪过喜悦的神情，整个人一下子精神了许多："真的吗？你怎么不早说！"

何琪低头忙着擦灰，没有看到何蔓的样子，随口回答："嗯！"

"那为什么我醒了之后，他一次都没来看我？"

语气中满是委屈和撒娇。

何琪愣愣地抬起头看着妹妹。

"姐，怎么了？"

"没什么，"何琪忽然笑了，"我好久没见过你这样了。"

"哪样？"

"大夫说你失忆，不光你不相信，我也觉得像演电视剧似的，没法儿相信。但是你真的和以前不一样了。"

"以前？"

"不不不，"想到何蔓就是"以前"的何蔓了，何琪连忙纠正，"不是以前，是现在。"

"现在？"何蔓眨巴着眼睛，不解地看着她。

"哎呀，"何琪急了，"就是跟出车祸前的你不一样。我都不习惯了。"

何琪突然感伤起来，走到何蔓面前，也坐到沙发上，摸着她的头发感慨道："你要一直是这样的性格该多好啊，可能你们也就不会离婚了。"

何琪以为自己早就忘了妹妹五年前的样子，活泼刁蛮，却又开朗阳光。在她的印象中，何蔓早就从一个小姑娘变成了一个无比成熟的都市女强人，什么事情都能自己搞定，语气冰冷，步履匆匆。像现在这样需要人帮助的柔弱表情，她已经很久没有见到过了。

何琪想着想着就觉得心酸，她拉着何蔓的手："蔓蔓，你要知道，你和谢宇已经离婚了。我知道这很难接受，不管到底是什么原因，他和你现在已经没有什么关系了，我通知过谢宇你已经醒了，我想他也是担心见到你太尴尬，所以才没有再来。"

看着何蔓再次一点点黯淡下去的表情，何琪十分不忍。

"姐姐希望你能早点儿康复，要是真的一直失忆下去，那，姐姐希望你能有勇气重新开始。你放心，你就算没有了谢宇，不管发生了什么，你都永远有我这个大姐。"

"姐……"

何蔓咬着嘴唇，眼泪一滴滴落下来。

何琪感慨万千地把何蔓搂在怀里。时光匆匆流逝，她眼角的鱼尾纹已经变深，女儿都上了小学。忽然，她亲爱的小妹妹失而复返，被时间悄悄地带了回来。

没有比这更好的事情了。

4.

后来，两姐妹一起打扫了一下午房间，何琪要去接女儿下课，但又不放心把何蔓一个人留在这儿。

"你确定要自己一个人住这里吗？我家里的客房都安排好了，你真的不要先来我家住一阵吗？"

何蔓想了想，还是摇了摇头。

"不用了，姐，你放心吧，我可以照顾自己的……我也想一个人静一下，房间里的东西，或许会有什么能让我想起一点儿……"

看来还是不死心啊。何琪心中感慨。

"你有任何事情都给我打电话，我晚点儿再来看你。"

"不用了，姐，这段时间你天天在医院陪我，也该好好回家陪陪我外甥女了。"何蔓做了个鬼脸儿，"你看，我精神着呢，医生都说了，我可以自己一个人，没问题的！"

其实，何蔓只是不想让任何人看到自己现在的样子。

她觉得，现在的自己就像是大庭广众下月经血沾在了白裙子上，又可怜又好笑，自己却不知道。

她需要一点儿独处的时间，来回答这个陌生的世界抛给她的空白问卷。

原本乱七八糟的房间已被整理得井井有条。何蔓用了一夜时间把纸箱一一打开，尝试找回些过往的记忆，却找不到任何与谢宇有关的东西。

几本相簿都空荡荡的，没剩下几张照片。

看来很多照片都被抽出来丢掉了。何蔓想。

这次分手，想必双方姿态都很难看。他们平时就喜欢嬉闹拌嘴，也大吵过，也扬言要分手过。但是一切都无损亲密。

真的分开会是什么样子，何蔓没办法想象。

哪个热恋中的人会去想象分手？

可她就是那个热恋中的人。

何蔓忽然觉得心口一阵烦闷，放下相册，坐到梳妆台前，端详镜中的自己。

眼角有了小细纹。

何蔓在内心尖叫起来，脸上依旧保持着呆愣的样子。

再来一百个医生对她义正词严地飙医学术语，也不及这一道细纹来得震撼。除谢宇外，何蔓终于找到了第二个让她想要崩溃大哭的理由。

凭什么还没年轻就老了？！

何蔓在内心里已经对这五年中的自己开始有种愤恨的情绪了。

因为不记得，所以连自己也成了陌生的敌人——这个敌人苍老了她的容颜，离散了她的爱人。

然后扔给她一个烂摊子，强迫她接盘。

何蔓愤恨地拉开抽屉，开始往脸上抹保养品，仔细一看手中的小瓶子，心中的恨意倒是略有减轻。

都是很贵的护肤品，曾经的她内心长草却不舍得买的大品牌。

何蔓在这种矛盾的情绪中完成了涂抹和拍脸的工序，顺便把桌下的抽屉一个个拉开，想看看能不能发现什么。

第一个抽屉里，装的是一些信件文件类的东西。何蔓关上，打开第二个抽屉。

第二个抽屉放着何蔓的一些小首饰。就在她准备关上时，在抽屉角落发现一个蓝色的绒布袋。

"这是什么？"

她伸手拿起绒布袋，一枚钻戒从袋中掉出来，落在梳妆台上。

钻戒折射着梳妆台的灯光，直刺进何蔓的眼底，把她的心都给刺痛了。

这是谢宇当年向她求婚时的钻戒。

何蔓向来乱放东西，丢三落四，以前两人同住时，一直都是谢宇更居家也更细致一些。此刻，看着被自己好好保存起来的钻戒，何蔓刹那间明白，不管五年中的自己和谢宇的婚姻有多么不开心，她内心深处肯定还是在意这段婚姻的。

"那五年中的何蔓"一定还爱着谢宇。

何蔓轻轻地把戒指再度戴在自己的手指上，这一次，她真的找到了一点点熟悉感，还有一种安全感，从指尖传到了心里，暖暖的。

何蔓站起身，环视着这个冷冰冰又陌生无比的"家"。

她不要待在这里，另一个何蔓也肯定不愿意待在这里。

她要回家，回到她和谢宇真正的家。

第四章 ／ 月亮代表谁的心

谢宇一边回忆，一边忍不住想笑。再看看此刻静静躺着的何蔓，他不禁想要将眼前的画面切分成两半，一边是五年前蜜月旅行时的何蔓，一边是此时的何蔓，然后好好问一问自己，这中间到底发生了什么。这切分了过去和现在，也切分了他们两个人。

♡

1.

又是一个加班的日子。谢宇抬起手腕看表，时针又走过了十二点。

广告人的生活就像灰姑娘，通常是过了十二点才开始精彩。不过对谢宇而言，这个世界早就没有了什么精彩不精彩，只有习惯不习惯。

比如在看到Lily的头像和名字出现在手机屏幕上的时候，就是不习惯。

"还在加班吗？"Lily习惯在讲话的时候尾音上挑，绵绵密密的甜，像声讯台的客服小姐一样，比亲人还亲切，却透着一股陌生。

当然，也许只是谢宇单方面的陌生。

"快搞定了。一会儿就走。"

"哇，才十二点哪，连我都觉得早。"

"那恭喜你了，你已经做好了从事我们这个行业的心理准备。"

Lily在电话那边笑得特别开心。至少听上去是这样的。反正平时谢宇这样讲话，何蔓是不会笑的，久而久之谢宇也觉得自己说话一点儿都不幽默。现在听到Lily每天这样笑，他反倒感到诧异了。

人的幽默感是相对的吧，热恋中的情侣连最无趣的笑话都能头碰头笑半天。他和何蔓两个人是怎么回事，彼此都心知肚明，笑点越高越寡情。

"怎么还不睡，不困吗？"

"困呀，"Lily尾音嗲嗲的，"但是想陪你。"

"你怎么陪我？你又不能陪我加班。"

"看全世界都睡着了，是不是很寂寞？这时候呀，你只要一想到，远处还有一个人亮着灯在等你，会不会很开心？"

谢宇终于明白sweetheart（甜心）这个词的来历了。有些姑娘是可以嗲到人心里去的，虽然实际上她什么都做不了，但大家都是都市成年人，本来也不需要别人真的做到什么。

一两句甜言蜜语就够了。

可能他们就是因为少了这一两句甜言蜜语。每天少一句，每天少一句，然后感情死无葬身之地。

谢宇想到的"他们"当然是自己和何蔓。

有了新欢再对比旧爱是不厚道的。可是说这话的人哪里知道，但凡做得到，谁愿意再不停地想起旧爱？

"困了就要睡觉哦，睡不够可是会老的。"

谢宇在电话里这么讲道，语气是轻快的，关切得有点儿不像他，刻意制造出一种热恋甜蜜的感觉，好像是在为自己刚刚想到何蔓而向Lily表示歉意。

这也算是他为这段新恋情付出的努力。

谢宇挂断电话，还在发呆，忽然听见旁边传来"咣当"一声。他回头一看，"四眼仔"面朝下砸在了自己的笔记本电脑键盘上。

"活着？"

四眼仔头也不抬，闷闷地答道："活着。"

谢宇失笑。四眼仔是他这两年招进来的得力手下，自从大学毕业后就一直跟着自己。谢宇眼看着他一步步从实习生晋升到客户经理，也眼睁睁地看着他的发际线向逃兵一样慢慢地、慢慢地后撤。

"东西还差多少？写不完就明天吧。昨天刚看到新闻，一个在一家4A广告公司做策划的，劳累过度猝死了。"

"能死了还好呢。"四眼仔就保持着面朝下的姿势，语气半死不活。

谢宇走到四眼仔的工位，拉过椅子坐到他旁边，跷起二郎腿，一边玩儿手机一边和他闲聊。

"怎么，又有人生困惑了？"

"老大，咱们那些甲方客户是不是在招聘员工的时候有个统一要求？"

"什么？本科学历？"谢宇引他讲下去。

"不长脑子。"

　　谢宇失笑。四眼仔的工作压力很大，如果说谢宇作为部门总监面对的更多是统筹压力、夹层负担，那对于四眼仔这种每天拿着策划案直接和客户人员对接的小喽啰来说，压力更多来自甲方客户的龟毛要求和混乱标准。

　　"在这行混了四年，我算是活明白了。"四眼仔继续悠悠地说。

　　"哦，明白什么？"谢宇忍笑。

　　"咱们所有客户对广告和公关方案的要求，总结起来就是一副对联。"

　　四眼仔说到这里，忽然整个人从座位上弹了起来，双眼透过厚厚的啤酒瓶底看着远方。

　　"上联是，高端大气国际化；下联是，时尚抓人有个性。"

　　谢宇适时补上一刀："横批：眼前一亮！"

　　两个人一起笑起来，谢宇抓起四眼仔工位上乱糟糟的一沓材料敲在他头上。

　　"不过啊，我们都觉得，甲方再变态，也没有何蔓姐变态。"

　　四眼仔一开始只是单纯地以提到隔壁部门严苛总监的心态随口一说，转眼就看到了谢宇停滞在脸上的笑容。

　　两个人都沉默了一下，很快谢宇就像什么都没发生一样，又把材料甩回四眼仔的桌上。

　　"把你这桌子收拾干净。工位太乱很影响工作效率，找什么都找不到，心情也不会好。"

　　"老大，这你就不懂了，我这是乱中有序。"

　　"没看出来你哪里有序了。还有，公司给你办的健身卡，你去过没有？每天坐在这里不动，下班就吃夜宵，早晚有你受的。"

谢宇站起身，把椅子一推，拍了拍四眼仔的后背。

谢宇又工作了一个小时才把工作收尾，离开办公室，回复了Lily的最后一条短信。

每一天，Lily挂断晚安电话之后，还会再来一轮短信问候。

一般没聊几句，谢宇就会催促她去睡觉，她会回复"好的⊙__⊙b"。一开始谢宇以为这就算结束了，可是还没过三分钟，她就会又发来一条，控诉他不回短信的恶劣行为。

"怎么不回？"

"你不是去睡了吗？"

"怎么可能睡得着。你哄我睡。"

"好好好，我哄你。现在可以去睡了吧？"谢宇无奈。

"好吧。那这次我睡去啦！^_^"

谢宇吃一堑长一智，在这条之后，又回复了一个笑脸符号作为结束语。

没想到，Lily也发了一个笑脸符号回来。

女人到底想怎样啊？

2.

谢宇把车停到车位，然后从后备厢拿出一罐啤酒。拉拉环的声音使地下停车场显得更加空旷孤寂。

谢宇喝酒很快，走在回家的林荫道上，自家的小房子还没影呢，一罐啤酒就已经见了底。

他已经很节制了，每天一罐啤酒，连头晕的感觉都不会有，只会令人微微有点儿开心的感觉。谁不希望睡着的时候是快乐的？

最开始的时候，他和何蔓刚到这个城市，两个人都很穷，房子租得离市中心很远，也没有私家车。两个人坐末班地铁到终点，在路边小店买三罐啤酒，谢宇两罐，何蔓一罐，慢慢喝着走回家，一路笑得好开心。

后来，何蔓竟然比他先升到部门总监。他们加班时间不同，总是何蔓走得更晚些。刚开始谢宇还会在办公室等等她，后来她说他不必等。

于是，他自己喝掉三罐酒。

慢慢地就越喝越多。

不过这都是过去的事情了。自从离了婚，他就戒了酒，只是最近好友Danny送了他几箱啤酒，他留了一箱在后备厢，所以又开始像以前一样，开着一罐酒步行回家。

抬起头看到今晚有月亮，跟着他沿着蜿蜒的小路向前走，偶尔被头顶的繁密枝叶遮挡住，在路上投下斑驳的树影。

月亮。何蔓最后记得的月亮。

谢宇仰头看着月亮，不禁失笑。

他想起前几天何蔓的姐姐何琪给他打来的电话。

失忆？骗谁啊！

3.

何蔓出车祸的消息是她姐姐何琪打电话告诉谢宇的。那天谢宇只是注意到何蔓没去上班，但是他也不关心为什么——也许是出差见客户，也许是生病了，谁知道呢。

接到电话已经是下班后了。那天谢宇特意没加班，因为答应了Lily要把她正式介绍给自己的狐朋狗友，所以早早就约在了好友Danny的店里一起玩儿游戏。谢宇输了好几轮，脸上满是纸条，接到电话的时候一时没有反应过来。

谢宇几次想开口问问具体情况，口型都摆出来了，可是何琪下一句就能给出答案，所以也没有问的必要。他皱眉听着，周围朋友都安静下来，一齐盯着他打这个一言不发的电话。

挂掉电话，谢宇就站了起来，说："何蔓出车祸了，我得去看看。"

Danny尴尬地咧咧嘴，其他几个朋友也面面相觑，纷纷犹豫着问道："没事吧？"

Lily的表情有一瞬间的古怪，但是很快就换上了甜甜的笑容。

"严重吗？要不要我陪你去看看？"

谢宇没想到Lily居然提出要跟着，愣住了，本能地觉得有些尴尬。

还好，Danny及时站出来解围："哎呀，Lily你就让谢宇自己去啦。他作为一个大男人，前妻出了车祸，总是要去看看才显得礼貌，肯定一会儿就回来了，你还是留在这里吧。"

"凭什么？"Lily语气有些冲，不解地看着Danny，终于有机会把对谢宇的一点儿不满冲着别人发泄出来了。

Danny不以为意："他走了也就算了，本来我们也不是冲着他聚到一起的，大家都是为了跟你玩儿的，你走了我们还有什么意思？"

其他几个人非常识相地连连点头。Lily有了面子，也不好再坚持，但还是站起身送谢宇出门。

"希望她没事。"Lily眨着大眼睛看着谢宇。

"应该没什么事。"谢宇有点儿心不在焉，脑子里很乱。

Lily敏感地注意到了，没有再说什么，扑上来拥抱了他。

"别怕，她一定会好的，"她把头埋进他的胸口，用很轻的声音说，"我在这儿等你。"

谢宇轻轻地在她脸颊上亲了一口："乖，我很快就回来。"

然而，他那晚在医院守了一夜。

车祸很突然。早高峰时抢黄灯的车拦腰撞上了何蔓坐的出租车，司机重伤，何蔓昏迷。医生说，何蔓无大碍，理论上说治疗一阵就会醒过来。何琪晚上还得回去照顾小孩儿，谢宇自然而然地就留了下来。

"谢宇，我也怪不好意思的，本来不应该给你打电话，可是我老公出差了，家里就我一个人。爸妈去世得早，都是我带着她，这次实在没办法分身，所以就只能再麻烦你一次了……"

谢宇摇了摇头，轻声说了句："姐，你回去吧，明早来换我就行。"

Lily发了好多短信询问何蔓的状况，其实傻瓜都看得出，她是希望他赶紧回去。谢宇回了几条手机就没电了，也没有急着充电，索性就坐在何蔓床边看着她，脑袋放空，也不记得在想什么。

可能是想起了蜜月的时候，他俩的摩托车开下了马路，直接撞到了棕榈树上。谢宇的胳膊和腿擦伤了一大片，何蔓晕了过去。那天晚上，在当地的医院里，何蔓也是像现在一样被包得像个粽子，头上缠着一层层纱布，盖住了头发，像个小和尚。

他当时也是在床边，听着来来往往的医护人员讲着他听不懂的语言，一边焦虑地等她醒来，一边想起导致两个人撞树的行为，又觉得好笑。他拿起勉强还能用的DV，把何蔓躺在病床上的样子录了进去。

他们后来还把这段视频剪辑成了安全驾驶的搞笑短片，在公司年会上播放，被同事命名为"秀恩爱，死得快"。

谢宇一边回忆，一边忍不住想笑。再看看此刻静静躺着的何蔓，他不禁想要将眼前的画面切分成两半，一边是五年前蜜月旅行时的何蔓，一边是此时的何蔓，然后好好问一问自己，这中间到底发生了什么。

切分成了过去和现在，也切分了他们两个人。

月光从窗子投进来，照在她脸上。和五年前一样的月光。

4.

后来谢宇又去看了何蔓几次，时间很短，再也没有守夜。何蔓的气色越来越好，何琪说医生预测她很快就会醒来。

何蔓除了脑部受到震荡以外，没有其他严重伤势，醒过来就等于好了大半。自打何琪发短信说何蔓醒了之后，他就再没去看过她。

见面了也没话说。

他也不希望让她觉得自己还很在乎她。倒也不是害羞什么的，好歹他也是这么大的人了，不过就是不希望热脸贴个冷屁股。

离婚的时候，他们就已经连话都不说一句了，何况现在，医院的白墙白灯白被单，没来由得令人紧张。

不过，有一次他倒是遇见了Lily。

他守夜那次之后，Lily就跟他闹了别扭。早上他回家之后给手机充上电，发短信给上司请了个假，之后就倒头睡过去了。醒过来后看到了几个未接来电，除了一个是Danny的，其他全都是Lily的。

他也知道自己做得不对，有点儿心虚，可是回拨过去，Lily却不接。

也发了几条道歉的短信，通通石沉大海。

他问Danny，Danny只是恨铁不成钢地跟他说："你哟，身在福中不知福，活该。"

这样冷战了几天，一次谢宇去看何蔓的时候，还没走到病房门口，就看到Lily提着水果篮，像只兔子一样乖巧又小心地透过门玻璃往里看。

他看到她推门走进去，自己就站在门外看着。

何琪也许去上洗手间了，并不在场。Lily穿着很高的高跟鞋，努力踮着脚，轻手轻脚地走进去，好像她的脚步声真能把何蔓吵醒一样。

她把果篮放在病床旁边的小桌子上，然后探过身去小心翼翼地端详着何蔓，也不知道究竟有什么好看的。

谢宇就在门口等着她。Lily走到门口还一直留恋地回头盯着病床上的何蔓，刚一走出病房，转头看到谢宇，整个人都吓傻了。

谢宇不禁失笑。

Lily也忘了自己正在和谢宇闹脾气，两个人面面相觑好一会儿，谢宇走过来伸手牵起Lily，拉着她离开。

"你不生气？"Lily小心翼翼地看着他。

"生什么气？你不生气就好了。愿意来看病人，是你的好心啊。"谢宇漫不经心地说。

"其实也不全是因为好心啦。"

"那是为什么？"

"病人有什么好看的，又不是大熊猫，"Lily嘟着嘴抱怨，"还不是因为她，因为她你才……"

谢宇立刻打断她："所以你在刚才送的水果里下毒了？"

"乱讲什么啦！"Lily被一句话岔开，气得笑出来，追打谢宇，"我就是好奇而已啦。"

"好奇到需要伸手去戳她的脸？"谢宇皱眉。

Lily有点儿不好意思地低下头："我想摸摸她素颜皮肤怎么样嘛。"

女人脑子里到底都在想什么啊，谢宇无奈地捂住了眼睛。

然而，这是Lily最像何蔓的时候。

发嗲的时候不像，撒娇的时候也不像，回短信回个没完的时候更不像。

但是偶尔的这种奇怪举动，女孩子的小心思，莫名其妙的想法……真的很像。

像当年的她。

　　谢宇揉着Lily的头发，揽着她走出医院大楼。Lily还回头看，谢宇有些心烦，脱口而出："到底有什么好在意的啊？"

　　Lily撇了撇嘴："你说呢？"

　　谢宇随口安慰道："都是过去的事情了。"

　　他掏出车钥匙解锁，帮Lily拉开副驾驶的车门，又走向驾驶室那一边。

　　背后隐约传来一句很轻很轻的埋怨。

　　"就是过去才麻烦。"

5.

　　谢宇把空啤酒罐扔进路边的垃圾桶。

　　不远处自家门口的橙色路灯还亮着，给他心里增添了一丝暖意。他打着哈欠走过去，忽然被旁边的人影吓了一跳。

　　黑暗中的人形像来自过去的剪影，挪动了两步，站在了路灯下。

　　是何蔓。

　　但又不是何蔓。

　　她不再穿着黑白灰的OL职业装，换上了一身很久很久都没穿过的休闲衣服，松松垮垮的，谢宇看着很眼熟。

　　好像是蜜月度假时穿的某一身。

　　又是夏天了。谢宇不合时宜地走神儿了。

　　何蔓的头发也不再盘得无懈可击，此刻散着放下来，垂在耳边，在橘黄色的灯光下，看上去安静又温柔。

她就这样抬眼看着他，看得他心跳如打鼓。

你回来了？

话差点儿脱口而出，谢宇生生把它拐了个弯儿。

"你……你出院啦？"

这么久没和她说过话，谢宇实在是不自在，表现得非常不淡定。

但是再不淡定，也没有接下来的一幕不淡定。

何蔓几步冲上来，双手环抱住他的腰，整个人埋进他的怀里。

谢宇感觉自己的心脏像被踩了一脚，大脑供血不足，眼前一片白。

渐渐地胸口有温热的感觉。怀中的女人像一只受伤的小兽，抽抽噎噎，一抖一抖，温柔得一塌糊涂。

谢宇僵硬的双臂也缓缓地放下来，轻轻地将她搂在怀中。

"谢宇，我失忆了。"

胸前传来带着鼻音的、糯糯的一句话。

谢宇浑身所有的浪漫温柔被这句话瞬间清空了。

你他妈是在逗我玩儿吗？

他轻轻地却不容反抗地，将何蔓推开。

第五章｜你装给谁看

"人本来就是靠记忆活着的，"她的目光扫过谢宇刚提起的花瓶、地毯、沙发布……半晌，"所以不记得的事情就等于没发生过。你跟我提起的所有一切，东西也好，离婚也罢，在我心中的感觉，就像这个棒棒糖之于你的感觉。所以我问你，这种感觉好受吗？"

♡

1.

何琪曾经瞒着何蔓给谢宇打过电话，讲的每句话都像天方夜谭。

"谢宇，何蔓现在出院了，一切都很好……只是，她暂时忘记了过去五年发生的所有事情，她刚醒过来的时候还以为这次车祸是你们蜜月骑摩托车出的那次车祸呢，之后的所有事情完全没有印象了……要是，我是说，万一她来找你的话，你要帮姐姐多多照顾她，别刺激她的情绪。我知道这有点儿强人所难，但是拜托了。"

失忆，以及武侠片里面女孩儿长得和死去的母亲一模一样、完全无视父亲的基因这种设定，并列为谢宇心中最扯淡的两大不解之谜。

谢宇对何琪还是很有好感的，温柔大方，做事情很理智得体，是个容易令人敬重和亲近的姐姐。她们夫妇对谢宇和何蔓这对小夫妻一直非常照顾，因而这话从何琪嘴里说出来，谢宇虽然心中气得哭笑不得，但还是礼貌地客套了几句，没有当面吐槽。

失忆？搞什么？她当自己玩儿游戏玩儿丢档了吗？五年存一次档，重启之后就可以从五年前蜜月的那次存档重新玩儿起？

还是偶像剧看多了？她不是最反感偶像剧吗？她不是觉得偶像剧全都是瞎编的吗？失忆，失你个大头鬼啊！

要说失忆，Danny也常失忆啊，他还从来不记得朝自己借过钱呢！

谢宇客气礼貌地挂断电话，心里有一万匹草泥马呼啸而过。

然而现在何蔓站在他面前，抱着他，说，我失忆了。

她怎么好意思说得出口啊？

谢宇警惕地看了看四周，有没有别人在？是不是她玩儿"真心话大冒险"玩儿输了，被逼过来讲这话的？

耍我呢吧？

谢宇心中警铃大作。

2.

不能怪谢宇想得太多。

离婚之后，有一次谢宇和一群朋友一起打牌，大家说好了这次不按老规矩，不赢钱，输的人必须玩儿一个冒险游戏。

Danny从网上找来一个流行的玩儿法，叫作"和前任说三句'我爱你'"。

规则很简单。用手机给前任男/女友发短信，每隔一分钟发一条，不管对方回复与否、回复什么内容，都要按照这个时间间隔将短信发完。

于是当天爆出了很多猛料。Danny的前任回了他三句话"逗我玩儿""我不信"和"去死吧"；阿K的前任则在第一条就回复了"我也是"，搞得他骑虎难下；老张的前女友则一致回复他"哈哈哈"……

那天谢宇打牌打得很认真，生怕自己会输。大家都发现了这一点，于是合伙围堵他，终于还是让他输了一次。

谢宇破罐子破摔，心想，游戏而已嘛，事后解释清楚不就好了。

他先发，"我爱你"。

第一次何蔓没有回复。

大家静等了一分钟，他又发，"我爱你"。

何蔓回复了一句，"我很忙，请不要再骚扰我了"。

气氛已经足够尴尬。其他几个哥们儿不是没有过前女友，也不是没有过感情纠葛。

可是大家都知道，谢宇和何蔓的这段婚姻，不一样。

Danny出来打圆场，说"好了好了这个游戏太无聊了，不玩儿了不玩儿了"。

其他人纷纷附和。

谢宇摇摇头，不讲话。他还非要玩儿到底了。

谢宇又发了最后一次，"我爱你"。

何蔓这次回复得很快。

"我不爱你。"

谢宇不想再扮演旧情难忘的那一个，本来就被伤得够深了，他还要脸面呢。

"你又要干吗？"他轻轻推开正在抽泣的何蔓，"没有人会相信的，你当你自己演电影啊？"

旁边绝对有人在看着，这绝对是个阴谋，傻乎乎地上套了才麻烦呢，肯定又要被摆一道。

"谢宇……"何蔓可怜巴巴地看着他，泪水模糊的眼睛在路灯下像两汪倒映着暖阳的泉水，谢宇觉得自己的心在迅速融化。

他赶紧扭过脸。

"真失忆了？"

何蔓用力点头。

"蜜月以后的事情都想不起来了？"

何蔓接着点头。

"那你现在岂不是还很爱我？"

问完这句话，谢宇都觉得自己很恶劣。他不知道自己是不是真的只是为了逗她。

可是，何蔓没有一秒钟的犹豫。

她继续用力地、狠狠地，点了点头。

3.

尴尬。

谢宇一边在厨房的作业台上洗菜，一边时不时抬头看看正蜷缩在沙发上呆愣愣地看电视的何蔓。

装得还挺像。葫芦里卖的什么药?

他问完何蔓那三个问题,得到了三个一次比一次坚定的点头回答之后,忽然觉得自己把自己带进沟里了。

她爱他,然后呢?然后他怎么办?

不论真假,何蔓回到了五年前,他可没有。但是一时半会儿又想不到什么好办法,因为连何蔓自己都不知道为什么来找他,所以谢宇只能把她带进屋子里了。

谢宇觉得气氛有点儿沉闷,就拿起遥控器打开了音响。刚好里面有一张他们都很喜爱的蓝调CD,音乐响起时,谢宇觉得自己松了一大口气。

何蔓也转过头,对着谢宇会心一笑:"你的音响效果真不错。"

谢宇愣了愣,指着电视旁的音响,轻声问:"这套音响是你升职时买给我的礼物啊,记得吗?效果的确超级赞的。"他试图把语气提高一点儿,显得气氛活跃一些。

没想到,何蔓回应他的是一脸茫然。

谢宇无奈一笑:"那……我先去洗个澡,你自己待一会儿吧。这么晚了,也不方便送你回家,要不你今天先住这儿好了……"

"当然,这儿就是我家啊!"

谢宇话没说完,何蔓特别顺口地接了一句,惊得他差点儿咬舌头。

这儿不是你家了。我们离婚了。你凭什么这么理所当然。还有你平时不这么讲话的,虽然你以前这么讲话,可是后来我们没那么熟了,你别给我来这套……

谢宇万千感慨涌上心头,可是看着何蔓身穿以前的旧衣服,久违地、温顺而亲热地出现在这个家里，他一句话都说不出口。

索性转身逃开跑去洗澡。

当他擦着头发回到客厅的时候，看到何蔓在翻箱倒柜地找东西。

"你找什么？"

"杯子呢？不是都放在这个抽屉里吗？我怎么找不着了？"

何蔓低头把抽屉一个个拉开，语气熟稔，随意又亲切，像是从来没有离开过这个家一样。

"杯子在你背后的柜子里面，上面。"

何蔓愣了一下，直起身，转过头打开柜门，看到了一大排杯子。

"你怎么放这儿了啊？拿起来多不方便。以前不放这儿的呀……"

何蔓还在碎碎念，似乎很迷惑的样子，谢宇终于忍不住了。

"你没发现这家里到处都不一样了吗？早就都变了。"

这句话像十二点的钟声，惊醒了舞会里的灰姑娘。

4.

"喏，这个花瓶，记得吗？咱俩结婚纪念日去马德里的时候买的。我说不让你买你非要买，害得我背个大花瓶回国，走到哪儿都生怕别人碰我一下，鬼鬼祟祟跟藏了毒似的，差点儿被海关就地正法……"

"喏，还有这地毯，你非说茶几会把木地板磨坏，一平米好多钱，非要我去弄来安哥拉地毯铺上，保护木地板。我上哪儿给你弄安哥拉地毯去啊，我就直接在网上买了，糊弄你说是海外代购的，你还真信了，看样子你也啥都不懂……"

"还有这个沙发布……"

"还有这个洗手台，每次水都会溅出来，后来找Danny认识的朋友给我们重新改装过了……"

谢宇一边介绍，一边开始怀疑何蔓是不是故意的。

怎么可能想不起来，正常人都不会相信她吧？他注意到，何蔓懵懂地顺着他手指的方向左看右看，自始至终一脸困惑和无措。

谢宇怅然若失，他停顿了一下，自己也不知道应该再拿哪件摆设来举例子。何蔓主动指着一对放在电视旁酒柜中的耳环问道："那……这耳环是我的吗？"

耳环上缀满碧绿色的水钻，亮晶晶的，做成孔雀翎的样式。

怎么会是你的，要说五年前你的品位还差不多，现在你哪儿会戴这么复杂又招摇的东西。

谢宇腹诽，可自己也忘了这耳环为什么会在这里，只能结结巴巴地回答："不……这是我现在的女朋友的。"

不知道自己有女朋友的事情，何琪是否已经告诉何蔓了。他说完，就把Lily的耳环拿过来放进了抽屉。

谢宇合上抽屉，再次不死心地问："你真不记得了？"

何蔓闻言愣了一下，谢宇敏锐地捕捉到了，心里有了一点儿谱。

装，接着装，我看你怎么装下去。

何蔓忽然低头笑了，伸手从口袋里掏出一根圆盘状的棒棒糖，伸手递给了谢宇。

谢宇举着棒棒糖端详，就是街边小卖部一两块钱就能买到的杂牌儿棒棒糖，用透明塑料糖纸包着，没什么特别。

"你给我这个干吗？"

"这是你以前送给我的礼物啊。我很珍惜的。"何蔓低头柔柔地笑了，谢宇见状心里有一丝异样。

"我什么时候给你送过这个礼物？"

"你不记得了吗？"何蔓惊讶地睁大眼，"就存在我平时放重要物品的小铁罐里，我在自己租的房子里整理东西时找到的。我还记得那是咱们结婚之前，有次我加班到半夜，被当时的顶头上司——就是那个虎姑婆，被她骂得特别惨，我在回家的路上边走边哭。你看到路边的小摊儿上卖棒棒糖，想起我很喜欢吃甜的，就跑过去买给我，说总有一天会让我过得不这么苦，跟着你每天都像吃了蜜一样甜。"何蔓说着说着，像沉浸在往事中一样，一脸伤感，"可是，我们后来为什么……"

她说到最后终于无法继续。谢宇恍惚中也被带入了情景，拼命地回忆自己什么时候买过这样一根棒棒糖。

竟然有过这样的承诺。他的心中闪过一丝慌张。

"你竟然想不起来了？"何蔓抬头看着他，眼里已经有了泪光。谢宇大骇，不由得开始心虚。

两个人对视着，很久，谢宇终于败下阵来，万分愧疚地开口："我我我我我……"我了半天也我不出下一个字。

何蔓却扑哧笑出声来。

谢宇有些懵懂地看过去，何蔓眼睛里哪儿还有一丝泪光，她倚着沙发扶手笑弯了腰，那种嬉笑声让谢宇有种久违的亲切感。

好像冷清许久的房子里注入了一丝活气儿。

"你到底是什么意思？"他不想轻易动摇，所以语气故意强硬了些。

"你觉得呢？"何蔓笑着抬起头，慢慢将上扬的嘴角沉下来，"忽然听到这么一个细节很令人信服的事情，自己却怎么都想不起来，但是好像又确实发生过，这种感觉好受吗？"

谢宇沉默了。

"刚才来的路上有个街边试吃的小店开张，棒棒糖是店主发给路过的人的。故事呢，也是我随口编出来骗你玩儿的。"

何蔓轻轻巧巧地将棒棒糖从谢宇的手中拿走，随手扔进了垃圾桶。

"人本来就是靠记忆活着的，"她的目光扫过谢宇刚刚提起的花瓶、地毯、沙发布……半晌，重新定位在谢宇脸上，"所以不记得的事情就等于没发生过。你跟我提起的所有一切，东西也好，离婚也罢，在我心中的感觉，就像这个棒棒糖之于你的感觉。所以我问你，这种感觉好受吗？明明像是没发生，却非要你承认，要你承担后果。我知道你很难理解，失忆这种事情听起来就够荒谬的了，所以我也编了个故事，希望你能明白，我的感觉和你一样荒谬。"

谢宇沉默了。

仔细想想也是，何蔓没时间也没心思来玩儿一场失忆的游戏耍弄他。她当初走得那么决绝，怎么可能这样无厘头地耍回马枪。

其实是他自己希望，何蔓，半年前那个拉着箱子头也不回的何蔓，回心转意、大动干戈、大费周折地用失忆来伪装一句"我爱你"。

也不是为了什么，不是想复合，更不是放不下。谢宇告诉自己，只是想要出一口气，解开一个心结。

仅此而已。

他正想说点儿什么安慰她，没想到，何蔓退后了一步，有点儿不好意思地继续说道：

"但现在我算是彻底接受了，"她抬眼有点儿羞涩地一笑，"你……你在门口把我推开的时候，我就发现咱们之间的关系不一样了。"

何蔓这次是真的流下了眼泪。

她抬起手，一边抹眼泪一边努力地笑着说，"都怪我，我还觉得咱俩是刚从海边度蜜月回来呢，有点儿唐突了。我……我会注意的。"

眼泪越抹越多。何蔓终于还是蹲下去，笑着哭出来。

5.

谢宇临睡前才想起，自己的手机充电器还在卧室里。

他掀开毯子，从沙发上起身，轻手轻脚地上楼，轻轻拧开卧室的门。

何蔓没有拉窗帘，月光穿过窗子照进来，一室冷清。

谢宇从床头柜上方的插座上拔下iPhone充电器，"咔嗒"一声。何蔓不知道是不是被吵醒了，翻了个身面向谢宇这边，一张睡颜沐浴在月光下，伴随着轻轻的鼾声。

鼾声。谢宇忽然像被什么摄了魂魄，定在了原地。

就在前几天，他喜欢的一部美剧演到了大结局。老太太终于在睡梦中安详离世，孤独的老头子面对邻居们和子女们的关心，笑得豁达而坚强。

"我很好，别担心。只是可惜听不见她打呼的声音了，有点儿睡不着，我不得不从旁边的农场借了一头小猪放在卧室里。"

周围人大笑，谢宇在笑声中湿了眼眶。

相恋多年，结婚五年，一旦分离，令人抓心挠肺的反倒不是感情——感情早就无可挽回地转淡、破裂，否则也走不到这一步。

最难过的是习惯，是想让Lily帮忙递杯水时无意中喊出的一声"蔓"；是没有鼾声的、太过安静的夜晚；是洗手台上面残留又被扔掉的那几件她懒得带走的化妆品……

离婚的时候，何蔓搬家搬得很快，也不告诉谢宇她到底搬去了哪里。

他靠在门口，面无表情地看着何蔓利索地指挥工人："这些，这些，都打包，其他的不用。"

何蔓的神情依然是平时工作时能见到的，严谨、理性，甚至有点儿刻薄，看不出任何一丝她是离婚搬家的样子。

他曾经以为虽然办手续很快，可她搬走并不是一件容易的事情。两个人毕竟在这套房子里生活了太久，没经验的人总以为搬家是一件简单的事情，和电视上演的一样，几个纸箱子就能装走一切——然而生活痕迹哪是那么容易清除的。她的衣服，她的化妆品，她的文件、书，她的咖啡壶，她的几十双鞋子……

零零碎碎收拾了大半天。谢宇一直绷着脸，强迫自己不去注意他们的进度，可是眼看着客厅渐渐被箱子和袋子堆满，他心里到底还是难受了。

客厅里的那些东西，大大小小，都是何蔓的存在感。

它们走了，她就不存在了。

"你记不记得当初我们从外环搬进中环的那一次？"他鬼使神差地开口和她讲话。

何蔓没答话。她懒得回答他的任何问题，只是转过脸，用目光来藐视他的没头没脑。

谢宇不再讲下去。何蔓继续弯下腰去清点东西。

也就是结婚前一两年，他们决定在中环附近租一套房子。外环毕竟太远，每次加班到很晚的时候，地铁都停运了，回家变得格外不方便。那时候两个人条件好些了，可还没有像现在一样。搬家前，自己花了好几天时间细细打包，要赶在旧房子租约到期前搬走；何蔓则在网络上比较几家搬家公司的价格，最后咬牙选了最便宜的，条件是需要他们自己先把东西搬到楼下，人家只负责跟车运货，到地方之后，还得他们自己再把东西搬进新家。

为了省钱，没办法。大夏天，两个人都热得汗如雨下，上一层楼歇一次，相互看一眼，笑一笑，再接着搬。

"以后再也不搬家了，半条命都折进去了。"

何蔓那时候的气话，言犹在耳。

现在不同了，她可以在工作之余，让秘书帮忙定一家服务最周到的搬家公司，不必考虑价格，帮她把属于她的所有东西都安置妥当，连一根头发都不会落下。

打包完毕，何蔓指挥着搬家工人出门。

谢宇并没有送她，他站在那里，何蔓一眼都没看过他。

"我把钥匙放在桌子上了。"

这就是她在这个家里说过的最后一句话。

谢宇都记不得自己有没有回应，可能说了一句"好"，也可能只是点了点头。

何蔓睡相安恬。谢宇的手轻轻地在她的脸庞拂过，手指却没有触碰她。

她只记得他们蜜月时发生的那些甜蜜的事，记得共苦，记得同甘，却不记得后来所有的对立、争执、恶言相向和渐行渐远。

谢宇还记得他们之间最后一次像今晚一样面对面谈话，是车祸前，在公司的会议室里。

虽然两人已经离婚，但在同一家广告公司上班，谢宇是业务总监，何蔓是创意总监，那么多公司会议，低头不见抬头见。不过，他们上班常常刻意搭不同的电梯，下班一个往左另一个就往右，为的就是尽量不要碰见彼此。

那次会议的主题，是要帮一个老化的相机品牌做"品牌再生"，老板和下属坐满了整间会议室。他俩当着下属的面针锋相对，水火不容。

谢宇一把将方案朝桌子的中央一推，沉声说："这绝对不是客户要的东西。"

何蔓"嘁"的一声笑了，轻声道："你怎么知道不是？你拿着方案问过客户了？是不是以后我们都不用拉客户了，直接把业务部当客户伺候？"

就是这样，"喊"的一声，然后笑，眼睛看着别处，语气轻柔却字字诛心。随口一个反问，就能将别人气得哑口无言。

在两人最甜蜜的时光里，何蔓是那么开朗又爽气的姑娘，只会对最厌恶的人摆出这种轻蔑的态度。谢宇是知道的，每次她用这种表情和语气把别人气得无语，谢宇都会笑她的促狭和小小刻薄。

后来，她却一次又一次地在他面前轻声嗤笑。

他气血上涌，克制着让自己表现得淡定："根本不用谈。"

何蔓提高了音量："那你有什么资格批评我们的方案？什么叫根本不用谈？公司请你来就是要你去接洽客人，把我们的理念推销给他们，什么时候开始，我们创意部需要把理念直接卖给你们业务部了？"

"我的职责就是要明白客人的要求和方向，如果我拿这个点子去跟人家谈，只会是自杀式行为，他们根本不会接受。"谢宇觉得何蔓完全不可理喻。

何蔓再次冷笑："你不会谈是你的工作能力有问题，关我的点子什么事？这样吧，你谈不来的话，我亲自去谈，OK？就怕谈好了之后，业务部就没什么存在价值了。"

把话讲到这个地步，等于直接撕破了脸，会议室瞬间安静无声。

何蔓直视谢宇，丝毫不肯退让。

谢宇慢慢从座位上站了起来，走到何蔓面前，从名片夹里拿出客户的名片放在何蔓面前，用嘲讽的语气说："加油。"

说完那句话后，谢宇转身离开会议室，那是他最后一次在公司见到何蔓。

"现在"的何蔓。

此时，眼前卧室的床上，五年前的何蔓依旧沉睡在月光里，安然如婴儿。

第六章／自卫反击

恋爱到后来就是这样吧，从一开始全副武装、只展现最好的那一面，到后来打嗝儿放屁全然没有忌讳，熟悉彼此像熟悉自己的掌纹，感情才慢慢渗透那层给外人看的假面皮，流进血液里。

♡

1.

何蔓醒过来的时候，外面已经天光大亮。

床头的闹钟显示已经上午九点半。她不知道谢宇是不是已经去上班了，但也不敢下楼贸然去打探，而是赶紧闪身跑进洗手间，决定先洗个澡。

不能让他看见自己蓬头垢面满脸油光的样子，口气和眼屎，都不可以。

许多年前，两个人刚开始同居的时候，何蔓一度每天早上都要偷偷早起，到洗手间洗脸刷牙之后再躺回去，面对谢宇做出"睡眼惺忪，清水芙蓉"状——直到某天终于吃不消了，索性暴露本来面目。

我就说，哪儿有人一早上刚醒来就这么干净好看的——谢宇得知真相后恍然大悟。

恋爱到后来就是这样吧，从一开始全副武装、只展现最好的那一面，到后来打嗝儿放屁全然没有忌讳，熟悉彼此像熟悉自己的掌纹，感情才慢慢渗透那层给外人看的假面皮，流进血液里。

现在忽然一切又都倒回来了。

何蔓对着洗手间的镜子，短暂停留了一下。

果然还是老了，她轻抚着自己的脸。虽然不大明显，可那张脸和那双眼睛，还是透出一丝衰老的气息。

人是抗争不过时间的，才一两天时间，她就不得不学会接受这一事实。

何蔓不愿多想，转头匆匆钻进淋浴房，一拧开淋浴喷头就烫得大叫一声。

原本他们家淋浴喷头的开关装反了，一般人家都是朝左拧是热水，朝右拧是冷水。他们家则刚好相反，何蔓也习惯了反着来，这次竟然错了。

何蔓失笑。应该和昨天谢宇说的什么厨房作业台一样，都重新改装过了吧。她记在心里，之后几次开开关关，都没有再拧错方向。

她觉得自己一直以来还是有一个很大的优点，那就是从善如流。

洗完澡出来，她包着浴巾，对着镜子再次仔细地观察了一下自己的脸，然后习惯性地、看也不看就伸手往洗手台上摸过去。

拿到的瓶瓶罐罐却没有熟悉的。

何蔓仔细地把每个瓶身背后写的中英文成分都看了一遍，自言自语道："这可不是我这个年纪应该用的东西。"

她这个年纪。说完心中又一阵刺痛。

应该是谢宇那位"女朋友"的。何蔓发现自己应对各种刺激，表现得越来越镇定了。不镇定怎么行，她可是名义上穿越了时间的人，从过去直接穿越到了高科技产品横行的未来，每天的惊喜和惊吓应接不暇，一个女朋友而已，不会让她再受多大刺激了。

才怪。

何蔓捏着小瓶子，紧紧地攥住，恨不能像武侠片里一样，直接用掌心的内力把它震碎。

2.

何蔓下楼时，发现谢宇果然早就去上班了。

她在厨房的洗手台上看到了谢宇用房门钥匙压着的纸条：

"我先走了，你多睡一会儿。厨房左上的柜子里面有麦片，冰箱里有牛奶和新鲜蔬菜，冰柜里有速冻云吞和冰激凌。我的电话是186XXXXXXXX，或者你也可以拨打公司电话，请总机来找我。客厅的茶几下面有个旧钱夹，里面有现金，你如果钱不够了就自己去拿。我今天会给何琪打电话，让她来接你。放心。"

赶我走？

何蔓的心飘飘忽忽地沉了下去。

她想给谢宇发条短信骂他是个王八蛋，这才想起自己还没有拿到手机，只能用座机打给他。

还是不要跟他讲话了，丢面子。

何蔓在客厅里面烦躁地走来走去，终于还是决定先吃点儿东西，结果刚一拉开洗手台下面的抽屉，就看到了谢宇昨天慌忙中藏在里面的他那位"女朋友"的孔雀耳环。

何蔓"砰"的一声合上抽屉。

他妈的，简直气死我了！

3.

何蔓胡乱吃了点儿冰镇牛奶泡麦片，吃得胃有些不舒服，整个中午都歪倒在沙发上发呆。

正午阳光让一切情绪暴露无遗。何蔓缓缓闭上眼睛，昨晚那一股让她死等在大门口的热情和冲动已经消失殆尽，她开始试着去思索眼下自己的处境。

谢宇算是相信自己的失忆了吧？何蔓努力去忽略他的种种戒备和抗拒自己的举动，不想让情绪左右自己的思维。

离婚了嘛，对我有距离感也是正常的，有新女朋友……也是正常的。

新女朋友。何蔓牵了牵嘴角。恋爱中，她无数次问起那些无聊的问题，比如有一天她生病/车祸/飞机失事死掉了，谢宇会不会再爱上别人，对方长得像她还是不像她……热恋中的两个人，哪里会去认真思考这个问题。每次她一提到"死"这个字，谢宇就会"呸呸呸"地向神灵祷告，请他们原谅自己口无遮拦。

谢宇说过，你要是死了，我就跟着你一起去死，还找谁啊，谁能比你好。

谁能比我好呢？何蔓感觉到眼泪慢慢地渗出眼角。

她希望一睁眼醒来一切都是一场梦，她还在飞往蜜月旅行目的地的飞机上，谢宇靠在她身边打呼。她把他摇醒，对他说，我梦见五年后你有新欢了——然后往死里揍他。

然而，她回不去。她现在必须面对谢宇客气又陌生的样子，并且拼命地告诉自己要克制，要理智，不能不讲道理。

在他面前，她似乎失去了不讲道理的资格。

何蔓哪里见过谢宇这样冷淡的样子。当初她和他在这个城市里第一次相遇，就是那样自然而然地看上了彼此，忽然就有感觉，忽然就恋爱，吵吵闹闹地，忽然就过了许多年，忽然就结婚了。

忽然就什么都没有了。

他们没有经历过彼此追逐的过程，一切都如此水到渠成，像是天生一对。何蔓一直都和姐姐相依为命，这种依赖和亲密感后来自然地过渡到了谢宇身上，没有任何罅隙。

难怪她现在面对这样的谢宇，手足无措。

她失忆了又怎样，在他眼里，她不过还是跟他离了婚的何蔓。

何蔓一个激灵从沙发上蹦起来。

她要反击。

与其在这里小心翼翼地揣测如何才能做好一个2012年的铁娘子，不如自然放松地做自己。即使在全世界眼里她都是2012版何蔓又怎样，终有一日她会让所有人都承认，她是2007版的何蔓，甜美可人，如假包换。

何况傻子都能看得出，2012版的何蔓，一丁点儿都不招人喜欢。

4.

何蔓从谢宇房间的衣柜顶上取下了一个行李箱，拖着它出门打车，回了一趟她租住的房子。

何蔓在把自己的衣服使劲儿往箱子里塞的时候，有那么一丝丝心虚。昨晚谢宇并没提到她可以住多久的问题——也许自此欢迎她回家，也许只是觉得昨天太晚了，让她借住一下。

怎么看都像是后者。

何蔓除了从善如流之外还有一个优点，她的脸皮厚起来，可以屏蔽掉其他人的反应。

何蔓装了满满一箱夏季衣服和鞋子，又从梳妆台上挑了几件保养品和彩妆组合放进手袋，然后艰难地带着大包小裹返回了谢宇的家。

现在这里也是她的家。当然以前也是，以后也会是。

何蔓将所有衣服填进衣柜，整理好后已经快到下午四点钟了。她下楼走到厨房，四下看了看。从灶台的状况来推断，这个家应该很少开伙，冰箱里速食品居多。

记得昨晚临睡前谢宇帮她热了一杯牛奶，何蔓趁机问他新女友煮不煮饭。谢宇似乎不想在她面前谈这位女友的事，只是敷衍了一句："她不会煮饭。"

何蔓也不知道怎么想的，看到这空旷的厨房，她特别想做饭。2012年怎么了，科技还没进步到机器人能做家常菜的地步吧？不开伙怎么叫自己家呢，怎么会有归属感呢。

她拿起钥匙，走出了家门。

失忆真的会对生活造成不便。走出自己家的小区，何蔓清晰地发现周边的社区都有了巨大变化，以前常买东西的小超市早就消失不见了，她拦住路人问附近有没有大型超市，路人指了半天，后来觉得太麻烦，索性扔下一句："你查查大众点评网，或者用百度地图导个航不就行了吗？"

大哥，说人话行吗？！何蔓站在原地，白天积攒的暑气趁着太阳下山前施展最后的淫威。何蔓抹了抹额头的汗，决定再好好问问。

终于抬头看到沃尔玛的logo，何蔓激动得快要热泪盈眶了，一脚踏入开足冷气的大厅，整个人就像重新活过来一样。

幸亏五年过去，大型超市里卖东西的规矩并没有什么太大变化，何蔓推着车子在里面转来转去，内心稍微安定了些。

自己以前喜欢买的品牌有一些消失了，有一些旧貌换新颜，几乎认不得了。还有好多新产品让她觉得新奇，逛了一圈儿下来，买了整整一车东西。

结账时，排在她前面的一对小情侣发生了争执。女生弯腰从购物车里拿出几盒四四方方的小盒子，疑惑地看着男生说："你买这么多口香糖干吗？"

男生吹了一声口哨，刚要坏笑，定睛一看女生手中的盒子，大惊失色："我擦，真是口香糖，我本来拿的是安全套的啊！这包装也太唬人了吧！"

女生瞬间满脸通红，狠狠地踹了男生一脚，转身就把口香糖甩回货架。

男生从何蔓身边挤过去，边跑边回头对女生喊道："等等，我再去拿两盒。"

女生已经气呼呼地转回身了，末了不小心和何蔓目光相接。何蔓善意地一笑，女生刚刚平静下来的脸色"腾"地一下又烧起来了。

何蔓抿嘴忍着笑，脑海中浮现的却是蜜月旅行前，她和谢宇一起去超市采购旅行时要带的东西。谢宇经过某个货架时忽然拉住推车的何蔓，神神秘秘地说："等我一下，我要去买点儿重要的东西。"

何蔓懵懵懂懂地看向谢宇面前的货架，瞬间头脑一片清明。

"流氓！"她羞红了脸，咬着牙骂道。

"哪里流氓了啊，你懂不懂，这东西算是计生用品，有国家支持的！"

"支持你大爷！"何蔓推着车子转身就走，生怕周围人觉得两个人之间有什么关系。没几分钟谢宇就追了上来，把几个五颜六色的小盒子扔到她的手推车里："你干吗啊，光撇清你自己，好像这东西我一个人能用似的……"

那么亲密的记忆，对她来说，不过就是一个多月以前的事情；对谢宇来说，恐怕已经是上辈子的事情了。

那个从背后抱着她逛超市的无赖，现在只会对她礼貌地笑，好像她会咬人一样，戒备又疏离。何蔓又觉得心尖疼得说不出话。

何蔓还在回忆中恍惚，结账队伍已经排到了她的位置。

她赶紧甩开满脑袋的胡思乱想，弯腰把购物车里的商品一件件摆在收银台上，估算了一下价格，再一看钱包，才发现自己的现金不够。

那就刷卡吧。

看着钱包里的那堆银行卡，何蔓彻底慌了神儿。

自己什么时候有了招商银行的信用卡？还有交行的，还都是金卡呢……可惜，没有一张知道密码。

收银员有条不紊地扫描商品的条码，手中的仪器发出的"嘀嘀"声好像催命符。

现在只有乱试密码了。何蔓敲了好几遍，几个密码都不对，收银员的眼神明显不对劲儿了。

后面排队的人等得焦急，时不时伸长脖子往这边看，试图搞清楚发生了什么。何蔓看着收银台上堆成小山的食物，急得汗都快下来了。她想给谢宇打个电话，可是手机还没买。

"让我最后再试一次好了，不行的话，这些就都不要了。"

何蔓看着收银员的眼睛说出这句话时，深刻地觉得，连这么不要脸的话都能当众说出口，她还有什么不好意思开口的？今晚她就要跟谢宇说清楚，她要搬回来，留在自己家长久地住下去，天经地义。

何蔓最后一次在POS机终端上按键时，手指都在颤抖。

就试试……就试试这个数字组合好了。

直到听到POS机"咔咔"出纸的声音，何蔓一颗心才落地。看着正在打印中的小票，她觉得当年收到大学录取通知书的喜悦也不过如此。

何蔓走出超市的时候，太阳已经落山。她仰头盯着渐渐暗下去的天色，忽然感到前所未有的踏实。

从医院醒过来的那一刻开始，她就如坠梦中，主治医师、何琪、谢宇……每个人都告知她一堆事实要求她接受，像一个蹩脚的剧本，她完全记不起下一句台词应该讲什么。

　　然而此刻，经历了收银台前的"生死一刻"，她，不管是过去还是现在的这个何蔓，才算是真正开始了自己的生活，一份需要自己去面对和解决的生活。

　　重新站在了现实的柏油路面上。

第七章 ｜ 面包屑和小鸟

何蔓觉得自己此时就像徘徊在森林深处的哥哥，却抓不住任何一只可恶的小鸟来泄愤。她只能低下头更努力地搜寻，也许，地上还会残留一些面包屑，不管花费多少精力和代价，她也一定要攥着最后一丁点儿线索，找到回家的路。

1.

谢宇难得下班很早，可他没有告诉Lily。吃过晚饭后，估摸着现在也过了用餐高峰时间，他开车去了Danny开的餐厅。

他坐在店外阳伞下等了一会儿，Danny拿着两瓶啤酒出现，把酒放在谢宇面前。

谢宇说："没耽误你做生意吧？"

Danny把两瓶啤酒都打开，给自己跟谢宇各倒了一杯，拽得不可一世地道："下等生意才要陪着小心，我们这种上等餐厅，都是需要顾客眼巴巴贴上来的，要不要上菜，还要看我这个老板的心情呢。"

谢宇失笑："我不喝，我还要开车呢。"

Danny不屑："车一会儿就停我这儿，你直接睡在这里不就好了？那个女人啊，就让她在家里等着好了，这样都算便宜她了。"

他还没说完就拿起自己的杯子，碰了碰谢宇面前的酒杯，不管谢宇喝不喝，自己先仰头灌下半杯，畅快地打了个嗝儿，眯着眼睛说："我看你啊，今晚就睡在这儿，明天也别上什么破班了，直接跟我到庙里拜一拜，找算命的算一算，看看你跟那个何蔓是什么七世夫妻，今世连婚都离了，她还要搞个失忆来缠着你！"

谢宇没有接话，只是拿起酒杯和Danny碰了一下："别这样说，她已经够可怜了。"

Danny知道谢宇直到现在仍然不喜欢听自己这样讲何蔓，于是识趣地闭了嘴。

两个人看着马路上车水马龙，喝酒，沉默。

半晌，Danny还是小心地问起："真失忆了？"

谢宇点点头："一开始我也觉得太离奇了，但是现在我相信了。"

"怎么就相信了？"Danny咧咧嘴，心里明显不大认同。

"因为她怎么看都不像是跟我离婚的那个人，倒还真的像五六年前刚结婚那阵的样子，像个……像个小姑娘。"

"恶心死我了。"Danny连忙灌下一大口酒压惊。

"OK，OK，"他决定不再纠缠这些真真假假，反正失忆不失忆都是人家前夫前妻之间的情趣，"那你现在打算怎么办？复合？"

谢宇眯眼看着马路上连成一线的车灯，没说话。

"该不会真的……"Danny冒冷汗。

"怎么可能？"谢宇截断Danny的话，脸上没有一丝表情。

Danny长出一口气，想到什么，又皱起眉头愤愤不平地说道："幸好。她都好意思对你做出那样的事……"

"过去的事就别提了。反正都离婚了。"谢宇再次打断他。

"那现在你打算……"

"作为朋友帮她个忙吧。"

Danny气得把杯子狠狠地蹾在桌子上："哎，我说大哥，打断别人说话很好玩儿是不是啊？你心里都清楚我要问什么，能不能一口气说完啊。三棍子打出来一个屁，你当我很有成就感啊？"

谢宇连忙自罚一杯，Danny的脸色才稍稍好看了些。

"何蔓现在这个样子，工作生活都是个问题。何蔓爸妈去世得早，只有一个姐姐在这边，但是已经成了家，孩子和公婆都需要她照顾，肯定顾不了何蔓。何蔓自己也没什么朋友，"谢宇忽然想起了什么，顿了顿，又苦笑道，"就算有，也都被她自己折腾没了。所以我打算帮助她恢复一段时间。她现在就像个原始人，连智能手机都不会用，总得慢慢适应生活吧。"

"不是吧，真的连iPhone都不会用？"

谢宇叹气："2007年，我们刚结婚那时候，哪儿有人用苹果手机。那时候 iPhone 1 出了没？我都没印象了。"

Danny "啧啧" 两声，似乎也被吓到了。

"好歹这么多年的感情，我也不能做得太绝了。反正……反正就帮她度过这一段就好了。"

"你可想清楚，别帮着帮着又把自己赔进去了。"

"胡说什么呢，"谢宇笑了，"我不是不长记性的人。"

"你不长记性的事情还少了？你要不是这么没记性，也不至于和她拖拖拉拉这么久，到不可收拾了才离婚。"

"你不信我，总归信得过她吧？"谢宇苦涩地一笑，"她姐姐电话里跟我说过，大夫说，何蔓的失忆是由脑震荡引起的，生活在熟悉的环境中，很利于她恢复记忆。等她全想起来了，会怎么对我？你当我心里真的没数吗？"

Danny耸耸肩，想起何蔓出事前的样子，心有余悸。

"希望如此吧，"Danny不再纠缠，想了想，忽然眼睛一亮，连忙拉着谢宇神神秘秘地笑起来，"不过其实呢，失忆也不完全是坏事。"

Danny这样的说法，引起了谢宇的兴趣

"哦？"

Danny坏笑着说道："既然她忘记了那五年她是个怎样的老婆，由你来帮她回忆，那你不就可以尽情地改造她咯？反正她自己也不知道真假，你不如就告诉她，从来你叫她站她就不敢坐，叫她坐就不敢站，她最大的乐趣就是在家相夫教子，外加收拾房子洗碗拖地，地上拖得发光，都可以直接当镜子照！

这一番鬼扯倒是真的让谢宇放松下来："你别闹了，我跟她现在只是朋友。说过了，能恢复记忆最好，不行的话，我也只是要帮她重建自理能力。你别忘了，我还有Lily。"

说到Lily，Danny脸上的表情更为尴尬。

"是哦，你……你惨了。"

谢宇不以为意，只是笑笑，好哥儿俩再也没说什么。

2.

谢宇从出租车上下来，抬头就看到自家的灯还开着。

已经很久没有这样了。家里有一盏灯，一直亮着，等他归来。

　　谢宇定定看了许久，才上楼掏出钥匙进门。

　　他换了鞋一进屋，就看见何蔓趴在餐桌前睡得正香。桌上摆着四道菜一锅汤，香菇菜心、回锅肉、蟹黄豆腐、红烧狮子头和黄豆猪手煲，都是他以前爱吃的，只是早就凉了。

　　谢宇的心底变得很柔软，他轻轻拍了拍何蔓的肩膀。

　　"醒醒，蔓，别睡了。"

　　何蔓睡眼惺忪地站起来，赶紧用手背擦了擦嘴角的口水。谢宇这才注意到，她竟然化了淡妆，橘色的唇膏都蹭到桌布上了。合身的小裙子因为趴着睡了太久，腹部的位置已经都皱起来了。

　　谢宇不禁十分愧疚。

　　"你刚下班吗？我就知道你会加班，本来想打个电话给你的，怕吵到你工作。吃饭了没？要不要一起吃一点儿？"

　　何蔓自己都能意识到看向谢宇的眼神过于迫切和可怜。

　　"你不用等我吃饭，我吃过了……"谢宇本来想拒绝，但看着何蔓殷切的神色，实在不忍心，话到嘴边又拐了个弯儿，"不过你别说，刚加完班的人的确很容易饿，我晚饭吃的是日本料理，你知道的，根本填不饱肚子，我可以陪你再吃一些。"

　　"太好了！"何蔓开心地站起来，"那我赶紧去热一下，你先去洗手好了。"

　　重新坐回到饭桌前，何蔓盛好饭递给谢宇，顺便又夹了块肉放在碗中，笑着看他："吃吃看，好不好吃？"

　　何蔓的手艺一向不错。

　　"好吃！跟以前一样好吃！"

　　跟以前一样。何蔓不禁鼻酸。

她记得自己上一次做饭给谢宇吃，也不过就是大半个月前，蜜月旅行前一晚，在家里，皮蛋拌豆腐、紫菜蛋花汤，哪里用得上"以前"这个词。

气氛一下子变得冷清起来，两人沉默地吃着饭。为了打破这尴尬的气氛，何蔓开始没话找话。

"你怎么这么沉默啊？"

"我沉默？我们本来就很少聊天。"谢宇头也不抬。

何蔓想都没想就打断他："得了吧，你每次吃饭的时候话都特别多，装什么呀你。"

"那是以前。"

又是以前。

谢宇说完之后自己也有点儿不自在，抬眼看了看何蔓，自我解嘲道："对哦，你也是以前的人。"

两个人一起笑了笑。

何蔓决定以后不要再将对话绕着他们之间的关系、他们的感情等任何可能导致尴尬的话题进行。她自打昨晚见到谢宇之后，都没有问过他一句"我们之间到底发生过什么"。

她追着何琪问了无数遍的问题，面对真正的当事人和知情者，却一句都问不出口。何蔓不知道，自己的这种行为究竟是消极的鸵鸟还是积极的"向前看"。

"现在才八点半，吃完饭打算做什么？"

"啊？我没什么打算。"谢宇刚说完，他放在桌上的手机就振动起来，一个年轻女孩儿的大头照开始在屏幕上跳跃。

谢宇连忙把手机抓起来。

"接个电话。"他转身上了楼。

何蔓在座位上坐了一会儿，一股酸气冲上鼻尖，被她闭紧眼睛硬生生地压了下去。等她再睁开眼睛时，已经一脸平静。

她站起身，开始收拾碗筷。洗碗洗到一半的时候谢宇回来了，看着干干净净的餐桌，诧异道："你怎么收了？我还没吃完。"

"啊？我以为你吃完了呢。"何蔓没有回头。

谢宇站在原地看着她。何蔓以前也这样。Danny他们总觉得何蔓这种伶牙俐齿不吃亏的女生，和他吵架的时候也一定像一挺机关枪。其实他们都错了，何蔓真正生气的时候反而不爱讲话。

谢宇生气的时候也不讲话。或许这才是他们把许多问题积累到无可挽回的地步才爆发的原因吧。

怎么可能？谢宇被自己的胡思乱想逗笑了。他们从认识的那天起就这个样子，要是真的不合适，早就分开了，何至于拖拉到这一步。

只是以前的何蔓生一段时间闷气之后，就会转过身来直陈自己的心绪，或者指明让他来哄——后来的她，一旦生气，就再也不讲话了。

讲也不是跟他讲。

谢宇想到这里，脸上已经是一片冰冷。

没想到，何蔓这时忽然转过身。

3.

"你觉得我生气有没有道理？"

就是这句话。

以前何蔓每次生气之后都会问他这个问题。谢宇至今都没找到这个问题的标准答案。

"我……"

"我什么我，你该不会压根儿就没发现我在生气吧？"何蔓皱起眉头。

这种感觉是什么？厨房橙色灯光下的何蔓，穿着以前的睡衣，脸上是属于过去甜蜜日子的表情。

谢宇觉得自己说不出话。

何蔓没有继续为难他，轻轻地开口说道：

"从你的角度来说，的确没有道理。"

她说完就苦笑了一下。

"我们都离婚了，而且好像……好像还是很不欢而散的那种方式。我现在又跑来找你，你肯定觉得特别别扭。不管你相不相信我失忆这件事，你还是收留了我，这种时候，我居然还因为你接女朋友的电话生气，简直是……简直是太不讲道理了，对不对？"

"蔓，我没有……"

"不，你听我说，"何蔓摇摇头，"可是站在我的角度，我也觉得很委屈。我上次见到你，你还骑摩托车载着我，在沿海公路上，我们……现在……"

何蔓的眼泪一滴滴地落在大理石台子上。

谢宇上前两步，又犹豫着停下。

何蔓余光看在眼里，整颗心都往下一沉。她连忙抬起手抹了抹脸颊上的泪，吸吸鼻子，努力地挤出一个笑容。

"不过，我刚才不是要跟你说这个，也不是要你可怜我，更不是说我以后就会这样无理取闹下去。谢宇，我只是希望你能帮我一个忙。"

何蔓以前只有在最严肃的时候才会喊谢宇的全名。谢宇不由得肃然。

"什么？你说。"

"我只是希望你能帮我熟悉……熟悉现在这个时代的生活，"何蔓不好意思地笑笑，"我已经受够了打击，再纠结自己为什么这么倒霉也改变不了什么，世界又不会因为我一个人就停在五年前。我得振作起来，你可不可以抽出点儿时间帮帮我，比如，至少教教我怎么用你的那种手机，给我讲讲公司这几年的变化，我还要回去工作呢。没有你，我总得靠自己吧。"

谢宇不知道自己怎么了。

明明从Danny的店里回来之前，他还很认真地思考如果何蔓真的"缠上"自己怎么办，他到底要怎么取舍，会不会"不长记性"地软弱下去……此时，何蔓脸上露出十分懂事的笑容，如此体谅地退到了本本分分的位置，谢宇忽然觉得心里十分难受。

"所以，"何蔓深吸一口气，振作地微笑，"过去的就过去了，我会尽快恢复起来，不会耽误你很久的。不如，第一步，就带我去买部手机好了。"

谢宇还在愣着，忽然听到这句话，整个人都震了一下。

"啊？好，那，走吧。"

"往哪儿走？"何蔓疑惑。

"买手机啊。现在店应该还开着，我带你去。"谢宇抓起桌上的钱包。

4.

何蔓第一次由衷地对科技感到着迷。

她在店员小伙子的引导下使用最新的iMac，听他给自己讲解什么叫做APP，什么是APP Store，还亲自尝试了好几种游戏和时间管理的软件。

2007年，她拥有了自己的第一个iPod Classic，是谢宇送给她的。当时那个东西看起来如此精美，谁能想到几年间，这个帝国还能发展得更加神奇。

"你平时经常给别人讲这些？语言表达真流利。"她顺势表扬了一下店员小伙子。

"也不常讲，"小伙子腼腆一笑，"有时候一些大爷大妈来买iPad，生怕上当受骗，又不会用，我就会多讲一讲。"

何蔓的笑容冻结在脸上。

"呵呵，呵呵，iPad嘛，我玩儿过的，很不错。"

她想扳回一局，没想到，小伙子听到她说这句话，表情更古怪了。

这人是从哪个年代穿越过来的？

"是，是，我们的产品，都很不错。"小伙子尴尬地回应。

何蔓脸红了，朝店员点点头表示感谢，一溜儿小跑去收银台那边找谢宇。

她站到谢宇身后的时候，发现店员已经把手机盒子放到了专卖店的白色包装袋里面，谢宇检查了一下就要刷卡。

"等一下，"何蔓出声阻拦，"你这就挑好了？"

"对啊，机器没什么问题，封条都是好的，付款就好了啊。"

"你怎么……你怎么也不让我挑挑款式和配置型号？"

收银台的小姐疑惑地看过来，何蔓心里一慌：又说错话了？

谢宇摸了摸她的头发，明显在忍笑："不用挑了，一会儿出去我给你解释。"

何蔓不作声了，但还是按住了谢宇要刷卡的手。

"我来。"

"没关系，就当我送你的好了。"

"不不不，我今天去超市好不容易才试出我这几张卡的密码，现在我必须多刷几次，不让我刷，我心里难受。"

何蔓掏出钱包，把信用卡递给收银小姐，然后在POS机上自信地按下六位数字密码。

她按密码的时候，谢宇并没有特意回避，看着何蔓按完最后一位。

070707。

他们两个人的结婚纪念日，2007年7月7日。

谢宇盯着POS机很久，直到何蔓在单子上签好自己的名字，整个人还是没回过神儿来。

"走啊，"何蔓拎着袋子朝谢宇晃了晃，"赶紧回家，教我怎么用！"

"哦，"谢宇笑了，"好。"

何蔓刚转过身，就听见背后收银小姐和店员小哥的念叨。

"那个人是不是穿越来的？"

"胡说什么呀……可能是蹲了好几年牢刚放出来吧。"

何蔓的嘴角抽了抽，加快步伐离开了店里。

5.

后来何蔓才明白，自己当时的举动在别人眼里为什么那么奇怪。

苹果手机总共也没几个型号好选择。

何蔓学东西还是很快的，谢宇只用了一个多小时就让何蔓理解了iOS操作系统、Android操作系统和濒临淘汰的塞班操作系统，还在电脑上帮助何蔓回忆起了她自己的iCloud备份密码。

也不用回忆，还是070707。

谢宇表情复杂地看着何蔓一脸轻松地敲下六个数字，问他："然后呢？"

谢宇赶紧回过神儿："你手机里面有很多重要客户的资料和短信，我记得以前你每星期都会在iCloud里面备份一次，现在要做的就是把所有资料重新导入新手机里。然后再把刚刚办理好的SIM卡放进去，就能激活手机了。"

两个人一起看着电脑上恢复备份的进度条一点儿一点儿前进，一时都没有讲话。

"你在想什么？"何蔓终于忍不住开口问。

"没想什么。你呢？"

"觉得好神奇。"

"是啊，不神奇也就不会有这么一大批'果粉'了。"

　　"我不是说它，"何蔓指了指白色的手机，"我是说我们。"

　　何蔓轻轻地叹口气，看向窗外："现在买一部手机变得这么容易。以前我们会在好多类似的款式里挑挑拣拣，逛好几家数码店比价格，你研究配置，我比较款式，真正喜欢的往往没有钱买……一转眼，你就已经在店里拿起一部好几千的手机，眼睛不眨一下就要付款了。"

　　谢宇不知道应该说什么。自打何蔓回到这个家里，才两天的时间，他已经有太多失语的瞬间了。

　　半年前，和眼前这个女人一起坐在台灯下盯着电脑上的进度条无所事事，对他来说简直是想都不要想的奢侈。

　　她不屑和他待在一起，而他更是连看都不想再看她一眼。

　　手机备份好之后，谢宇通过家里的无线网下载了许多基础款APP装进去，一一解释了功能和用法。

　　"今晚你睡觉前好好研究一下手机。智能机还是很好玩儿的，反正我现在已经想不起来在没有智能机以前，我到底是怎么熬过那些无聊又漫长的会议的。"谢宇合上电脑，把手机从数据线上拔了下来。

　　"这个是什么，你还没解释呢。"

　　"哦，淘宝啊……你尽量还是别动这个了，我装上去也只是以防万一。"谢宇挠了挠头。

　　"为什么？"何蔓追问。

　　"因为这个软件运行起来有可能会使整个系统都崩溃，你还是不要碰它比较好。我说真的。"谢宇十二万分认真地恐吓何蔓。

"啊？哦，好，我不碰这个。"何蔓连忙点头。

谢宇看着何蔓像只受惊吓的兔子一样握着手机蹦上楼，忽然有种奇怪的成就感。

怎么失忆了以后变得这么好骗？看来Danny说的话还是很有道理的。

要不要再编点儿别的瞎话逗逗她？

谢宇正沉浸在自己的想法中，那边何蔓上楼梯上到一半，停了下来，转过身大声喊他。

"谢宇！"

谢宇抬头，眼前的何蔓笑得真像只兔子，露出两颗兔宝宝牙。

"谢谢你。"

她嘿嘿一笑，就蹦蹦跳跳地上楼去了。

还是以前好。谢宇由衷地想。

一部手机都能让她这么满足，一点点陪伴也能让他这么满足。

有多少关系死在得寸进尺上，有多少感情死在贪得无厌上。

6.

何蔓到底还是点开了淘宝。

然后一发不可收拾，一口气刷到了凌晨两点半。

系统崩溃？呵呵。何蔓冷笑。是怕男人的精神崩溃吧？

自打"穿越"到2012年后就对整理自己的银行卡和其他证件这件事感到格外抵触的何蔓，在淘宝的激励下终于决定明天杀到银行去，把网上支付和信用卡快捷支付、手机绑定这些功能通通理清楚。

否则这么多好东西不能加入购物车，只能干着急！

何蔓玩儿着手机，在床上翻来覆去，这么多天来第一次开心地笑出了声。

2012年还是很好玩儿的嘛。

她又想到谢宇，想到他那个"女朋友"在他手机屏幕上跳跃的大头照。

她记得在厨房，自己对谢宇说，过去的就让它过去。

她说，自己只是借住一段时间，只是需要他的帮助。

然而在她心里，他还是她的。这一点任凭她讲再多好听的大话也无法改变。

如果说他们离婚是因为她变了，刻薄了，冷漠了，非要离开他不可——那现在她回来了，傻子都看得出她爱他，可他为什么依旧这么抗拒和戒备，只是因为咽不下离婚这口气吗？

可她不敢开口问他，生怕现在彼此之间这种稀薄但也非常难得的融洽气氛因此被打破。

只能靠她自己想起来。

如果说之前她一直像个无理取闹的孩子，不肯接受现实，非要上天把她送回2007年，那现在的她则有了一个新的目标。

她一定要想起来，自己找到他们离婚的真相，然后把她的谢宇夺回来。

更何况，离婚不一定都是她的错啊，谁对不起谁还不一定呢。

何蔓小时候看过一个童话故事。一对兄妹相依为命，恶毒的继父一直想找机会将他们扔掉。第一次继父一大早带他们出门打猎，哥哥沿路撒下白色的小石子，当继父在远方躲避起来企图抛弃他俩时，哥哥就牵着妹妹，循着沿路的白色石子走回了家。如此反复几次，直到有一天哥哥收集的白色石子用光了，他只能把随身带的面包掰成小块儿沿路撒了下去，这一次，他们没能找到回家的路。

是小鸟，把他们一路撒下的面包屑全都吃掉了。

何蔓觉得自己此时就像徘徊在森林深处的哥哥，却抓不住任何一只可恶的小鸟来泄愤。她只能低下头更努力地搜寻，也许，地上还会残留一些面包屑，不管花费多少精力和代价，她也一定要攥着最后一丁点儿线索，找到回家的路。

第八章／七月七日晴

还好有酒。

填充心与心之间的缝隙，要么
用一句一句的话，要么用一杯一杯
的酒。

♡

1.

谢宇一走进Danny的店，就觉得气氛有点儿怪。

Danny的店主营意大利菜，生意大多在晚上，中午一般只有寥寥几个顾客在吃商务套餐。今天这里却出奇地安静。

一个人也没有。服务生也没有迎出来。

"Danny，你在哪儿？我来取我的车。"

谢宇经过墙角转进最里面的小房间，看到了笑容满面的Lily和都快要哭出来的Danny。

谢宇心中警铃大作。Danny在一边不断地用手在自己脖子上比画着，龇牙咧嘴的样子像是被吓得不轻。

应该是知道何蔓的事情了。谢宇在心中叹气。

一定要好好解释清楚。

"吃饭了吗？"

Lily并没有如谢宇所想的一样一开口就兴师问罪，反倒依旧笑嘻嘻的，只是手指不断地拨动谢宇送她的那只Chanel链条包的搭扣，"咔嗒"一声扭开来，"咔嗒"一声关下去。

"没，你怎么在这儿？"

"Danny哥叫我来的呀，他说你中午也会来，"Lily一边笑一边力道不轻地拍在Danny肩膀上，"今天Danny哥请客哦！"

"对对对，我请客，我自愿的，没有人逼我……"Danny一边大声说一边挤眉弄眼地向谢宇求救。谢宇还没什么反应，Lily已经笑着捏上了Danny的脸。

"Danny哥怎么啦，脸上不舒服吗？要是抽筋了，我来帮你揉揉哦！"

Danny当即闭嘴，连滚带爬地逃离了Lily的掌控范围，一溜儿烟儿消失在转角，边跑边喊："我去厨房盯着！"

Lily的眼神终于从Danny的背影上面转移到了谢宇身上。

"生气了？"谢宇主动开口，脸上带笑，坐到Lily身边。

Lily收回了刚才那一脸有些骇人的笑容，嘟起嘴不讲话。

"其实我今天就打算要跟你谈谈的，我知道你可能会不开心，何蔓的确现在住在我那里。"

"你们到底算什么？离婚证难道是摆设吗？你们这是……你们这是藐视法律！"

谢宇原本还在斟酌下一句话怎么讲，听到Lily的指控，他一时没忍住大笑起来。

"……也藐视我！"Lily有点儿尴尬，连忙怒气冲冲地补充了一句。

"我哪里敢藐视你，藐视你还小心翼翼地跟你解释什么？她在这边生活很艰难，出于道义我也得帮帮她，可是离婚了就是离婚了，我肯定不会……"谢宇又想要笑，"藐视法律的。"

Lily原本跟着他一起露出了些许笑容，现在慢慢地又收了回去。不同于刚才虚张声势的恼怒，这次她的神情有些沉静，至少是谢宇从来没有看到过的沉静。

"宇，我问你，如果现在我开口说希望她搬走，你会答应我吗？"

谢宇微微一怔。

在两人沉默的这短短三秒钟内，Lily忽然又绽放了一脸笑容，像刚才自己什么都没有问一样，抱住了谢宇的胳膊。

"好啦好啦，逗你玩儿的。她就是个脑子坏掉的老女人嘛，我自然是相信你的。你工作又忙，还要发善心照顾她，我这边就不给你添乱了。"

谢宇伸手揽过Lily，把她搂在怀里，心中十分愧疚。

"Lily，我……"

"别说废话，我这么识大体，你怎么补偿我？"

"你要我怎么补偿你？"谢宇含笑看着她。

"陪我去北海道！"

这趟北海道之旅谢宇已经晃点了Lily不知道多少次，谢宇略一沉吟，终于答应下个月请假，一定抽出时间陪她去北海道。

"太好了！我早就听说北海道的枫叶比东京那边红得早很多，下个月末你请假，我们挑个好时机，一定能赶得上。温泉枫叶之旅，怎么样？"

Lily一边说一边高兴地蹦了起来，立刻从包里掏出iPad开始搜索北海道温泉之旅的攻略，趁着网页缓冲的时间，夸张地亲了谢宇一口，大声撒娇："我就知道老公最爱我啦！"

正在这时候，Danny左手端着一盘沙拉右手拿着一扎鲜榨猕猴桃汁走进来，看到变脸像变天一样的Lily，不由得一头大汗。

菜陆续上桌，三个人一边闲聊一边吃饭，谁都不再提跟何蔓有关的事情。只是快吃完的时候，Danny刚起身要去喊手下的服务生来收盘子，忽然被Lily拉了回来。

"正好Danny哥在，"Lily声音嗲嗲的，语气却是一等严肃，"我要老公答应我一件事情，Danny哥做见证。"

"北海道的事情？明天我就把机票订下来好了，用不着他做见证，他自己连打牌输了欠我多少钱都不记得。"谢宇话没说完就被Danny捶了一下。

"不，这是补偿，不是承诺。我要的是一个承诺。"Lily说完特意停顿了一下。

谢宇突然有种不妙的感觉，Danny也不再闹。

Lily很满意他们两个现在的表现。

"从今天开始到那个女人搬离你家为止，你要发誓，无论我的短信、微信、QQ、MSN、Skype、Facebook、Twitter消息，你都要尽快回复！哦，开会的时候就算了。"

谢宇点点头："没问题，我不是一直都这样做的吗？"

Lily示意自己还没有说完。

"下班后的所有电话都要接，尤其是—— Face time（视频通话）。"

"查岗也太严了吧？"Danny在一旁咋舌。

"这只是一个态度啊，代表他时时刻刻都没有不可告人的秘密！"

"好啦，我答应你。"

谢宇伸手想拍拍Lily的头。说来神奇，Lily的头和何蔓很像，都在后脑勺儿的某个位置有一个小小的凹陷，很有趣。

Lily却轻轻一摇头，躲开了。趁谢宇还没反应过来，她拎起包，得意地看着他说："那好，一言为定，你要做到哦！唉，生闷气好伤身体啊，我去逛街啦！"

谢宇无奈地一笑，掏出自己的钱包，抽出一张卡交给Lily。

"轻点儿刷，手下留情。"谢宇轻声叹息。

Lily一扬眉，踩着高跟鞋神气地离开了。

Danny看着Lily的背影，叹了口气道："我算是明白古代为什么只有高门大户才有资格纳妾了。女人啊，没钱的人家还真养不起，有钱人才会没事儿闲的养那么多。"

他像煞有介事地拍着谢宇的肩膀："从今天起，我承认你是个成功人士了。"

谢宇伸长胳膊，一把钩住Danny的脖子把他扼昏。

2.

何蔓的居家生活不可谓不精彩。

她每天都能学到很多新的知识，像读小说一样读近几年的政治、财经和社会新闻，追了四五部已经完结的美剧，把《哈利·波特》的电影从第三部追到了第七部……

好像大学毕业之后，她就没有这么密集地进行过学习了，以前是为了考试，这一次则是为了生存。学习的内容五花八门，包罗万象，走路都能"转角遇到为什么"。

何蔓沉浸在这种学习的乐趣中。

听谢宇说，在离婚前一段时间，当时的何蔓有过辞职的念头，目的是去攻读商学院的MBA，重归校园，充充电。

多年的职场生涯给了何蔓很多经验和成长，这足以让她应付工作中的大部分挑战，只是因为工作量过多，所以看起来仍然极为忙碌和紧张。实际上，她早就没有更多成长和学习的空间了，每天只是被重复性的项目和单子所压榨，她能感到自己被慢慢地掏空，停滞不前，很久都没有升值的感觉。

"那当时你是什么意见呢？当时你支持我吗？"何蔓想到便张口问。

谢宇讲话时正在刷碗，这个问题让他沉默了好一会儿，直到关上水龙头，才闷闷地笑了一下。

"你不需要我的意见。"他简短地说。

何蔓动了动嘴唇，还是把话咽回去了。

可能是感觉到气氛太尴尬，谢宇一边把盘子放进消毒柜，一边继续说起来。

"我是做业务的，说白了就是销售，拉客户，拉关系，所以没有你感受那么强烈吧。但你是创意总监，保持对信息和新鲜事物的灵敏度和热情很重要，否则连潮流都跟不上，更不用提引领新潮流和激发消费点了。所以我也很理解。"

何蔓若有所思地点点头。

"当然，你也有可能是不想继续在同一家公司里看见我。"

谢宇说这话的时候，表情波澜不惊。

何蔓再次涌起一股冲动，想直截了当地问谢宇，他们为什么离婚，自己为什么变了那么多，他为什么这么讨厌自己。

还是忍住了。

何蔓一直有种预感，一旦这个问题自己当着谢宇的面问出口，那么即使她得到了真实的答案，她和谢宇之间，也再无任何可能了。

毕竟她现在保持这种无辜又无知的状态，为的就是挽回。

"我们一起看DVD吧！"何蔓迅速转移了话题。

3.

看DVD是一件非常好的事情。就像相亲对象没话说的时候总会一起去看电影一样，看DVD能让何蔓和谢宇少说话，气氛不尴尬。

谢宇擦干手，就和何蔓一起来到客厅，从摆放DVD的盒里拿出一大堆DVD跟蓝光盘递给何蔓让她挑选，大多是这几年票房大卖的热门电影。

何蔓拿起一片上面写着HD的《阿凡达》，好奇地问："HD是什么？这个好看吗？"

谢宇近来非常享受为何蔓解答一切的感觉。这种问答让他们能避开各种尴尬，同时始终有话可说。

"HD是蓝光盘的意思，这一两年才开始流行的，一种高画质的影碟，比DVD还要清晰很多。《阿凡达》嘛就不得了了，是卡梅隆的超级大片，讲地球上的人类去外星殖民，派了一个男的打入外星人内部，结果他被外星美女策反了，帮着外星人把自己人全部给干死了的故事。"

"……幸亏你没去做广告创意。没有人会买你做广告的东西的。"

何蔓将碟片扔回到盒子里，转眼又被另外一堆吸引住了。

"哇哦，《惊声尖叫》都出到第五部了？好厉害，我们看这个好不好？"

"你不是害怕看这种片子的吗？"

"就是这样才刺激啊！"

就是这样才能往你怀里扑啊，全世界人民都知道恐怖片是用来做什么的。何蔓心里暗想。

谢宇伸手接过碟片："给你一个重新选择的机会，你不是《哈利·波特》刚补习到第六部吗？我陪你看第七部好了。"

何蔓摇头："不，《哈利·波特》第七部你应该已经看过了，我想明天一个人在家时把它看完。你在我身边，指不定会剧透。"

谢宇耸耸肩："好啊，那就看《惊声尖叫》好了，从第几部开始看？"

"第三部吧！"何蔓摇了摇手中的碟片。

谢宇关掉客厅的灯，两人并排蜷在沙发上，面前的茶几摆满了薯片等零食。何蔓一开始还像只兔子一样嘎巴嘎巴地嚼着薯片，过了一会儿就没声音了。

戴着面具披着黑斗篷的凶手一个两个三个地宰人，何蔓时不时神经质地看一眼自家客厅外的落地玻璃门——怎么和电影里面的长得这么像?

正巧这时树影晃动,何蔓一个激灵。

可她没有扑到谢宇怀里去。

其实她从小到大都没真的主动追过谁,和谢宇的相识相恋都格外水到渠成,现在让她像偶像剧里的女生一样捂着眼睛扑进任何人怀里,她都做不到。

不管遇到什么事,咬着牙硬撑才是何蔓的本性。

"还接着看?"谢宇在一旁忍不住想笑。

何蔓咬紧牙关:"当然,你怕了?"

"我是关心你啊,本来你现在脑子就不大好使,万一再吓出心脏病,可就真成失心疯了。"

"哼,"何蔓反击道,"我脑子不好是暂时的,总比你脑子一直不好使强。"

谢宇没想到何蔓还没被彻底吓死,一时没能对这句话做出快速的回应。何蔓于是更开心:"你看,我刚说你脑子不好使,你就表现给我看。"

谢宇心神一转,忽然指着电视屏幕随意地说道:"喏,看到左边第二个戴帽子的男人了吗?"

"怎么了?"

"他是女主角Sydney同母异父的哥哥。就是凶手。"

谢宇说完就从沙发上起身逃跑。

"谢宇,你想死是不是?!"何蔓拎起一个抱枕就朝他的背影甩了过去。

电影没法儿看了。

何蔓关掉电视，把碟片退出来，谢宇开了客厅的灯。

"周六你不加班吧？"何蔓慢腾腾地把碟片装进盒子里，装作不经意地轻声问道。

"应该不加班。怎么？"

"我……我请你吃晚饭吧，答谢你最近的帮助！"

谢宇疑惑地瞥了她一眼："为什么？你有好转了？"

"什么好转？"这回轮到何蔓不解了。

"就是……"谢宇用右手食指指了指太阳穴，"你的脑子。"

何蔓刚要发作，谢宇就补充道："我是说，你有回忆起来的迹象吗？"

整个屋子都像被按了暂停键。

"没有，"何蔓缓缓摇头，"一丁点儿都没有。"

谢宇点点头，脸上的表情说不上是失望还是庆幸。

"所以，"她把话题拉回到周六上，"这周六，一起去吃晚饭好吗？"

"去哪儿？"

"我还没想好，"何蔓把盒子放回到架子上，"我今晚睡觉前想用大众点评网搜索一下。"

"哟，都会用大众点评网了？"谢宇低头玩儿着手机，"对了，周六是几号来着?

何蔓好半天才出声。

"七号。"

七月七号。

何蔓一直没敢回头，不知道谢宇是什么反应。像是隔了一个世纪那么久，她才听到谢宇带着笑意的声音："哦，那餐厅我来选吧。"

4.

我只是为了尽快帮何蔓找回失去的记忆，没别的意思。谢宇想。

亏她还记得这一天，我也不好驳她的意思。

他站在Danny的餐厅大门口，做了很久的心理建设，才深吸一口气走进去。

五年前Danny还只是大厨，五年后前任店长离开，他用积蓄盘下这个店，自己做了老板。以前，何蔓和谢宇的结婚纪念日都会在这家店庆祝。当然这一点，此时的何蔓是不可能知道的。

昨晚她也没提过要来这里。看来的确还是没回忆起来。

何蔓很早就到了餐厅，她并没见到Danny，只是在侍应生的引领下坐到了谢宇预订好的位子上。

他们的预订桌在小院子里，大石头垒成的围墙缝隙里爬满了爬山虎，层层叠叠，连成一片凝固了的碧绿瀑布，又像连绵转圜的画卷。天色从透着微光的墨蓝色渐渐沉入黑夜的海洋，侍应生走过来把桌上的蜡烛灯点上。何蔓盯着跳跃的烛火，有点儿无聊，于是拿起手机自拍。

她真的爱死这部手机了。前置摄像头让她不需要再像以前一样把手机反转过去自拍了。以前那个样子拍十张可能只有一张能看，其他的不是没照全就是表情可怖。

大学刚毕业，何蔓成了职场新鲜人，打了耳洞，烫了头发，一度十分迷恋自拍，又没什么自拍技巧，只会对着镜头比剪刀手。街上比剪刀手，餐桌上比剪刀手，圣诞树前比剪刀手，全身照比剪刀手，大头照比剪刀手……后来，何蔓的名字在谢宇的手机里就变成了"剪刀手爱德蔓"。

何蔓静静地看着手机屏幕中的自己。今晚她和谢宇分头离开家，临出门之前连招呼都没打，就是不想让他过早看到悉心打扮过后的自己。

到底还是比不上真正五年前的自己。何蔓曾经觉得，所谓的"25岁是女人的一道坎儿"，都是各大护肤品牌为了推出新产品线而联合起来织就的谎言，现在却有些相信了。

虽然不比刚结婚时年轻逼人，眼神里却更有内容，不必再故意瞪眼睛嘟嘴比剪刀手，随意拍张照，自有风情。

何蔓放下手机。

她今天一定要表现出自己最好的状态。她对谢宇有重要的话要说。

谢宇快步走进小院子，一脸歉意："你到得这么早啊，我没想到路上这么堵车。真不好意思。"

何蔓笑了起来："没关系，先喝点儿水吧。"

失忆了真好，要是以前，他敢这样迟到，何蔓还会等他的唯一理由就是要当面泼他一脸水。

都是让他喝点儿水，方式差这么多。

谢宇接过她递来的水，一饮而尽，定过神儿来才发现精心打扮的何蔓很美，谢宇隔着烛光望她，怔了怔。

"怎么了？"何蔓心知肚明，却眉头微蹙地故作懵懂。

这是战术。全世界公认，"美而不自知"是女人的最高境界。

"没事，饿了。"

呵呵，去死吧。何蔓微笑。

"Welcome（欢迎）！"一个洪亮的男声传来。

何蔓还没看清Danny的脸，就接到了对方主动热情的一个大熊抱，整个人都有点儿发蒙。

我和他有这么熟吗？

Danny一直是谢宇最好的朋友，何蔓却一直跟他不是很合得来。男朋友身边有个油嘴滑舌的花花大少，简直就是活生生的教唆犯，任谁都会戒备。

何况，她和Danny之前还有过节儿。

就在何蔓暗自疑惑时，Danny已经问候起何蔓来："嫂子！好想你呀！"

"Danny？你……你不用去做菜吗？大厨可以在外面随便乱跑吗？"

"嫂子，你真会开玩笑，我们那是厨房不是牢房。"

谢宇失笑："Danny已经把这家店盘下来，现在他是老板了。"

何蔓圆睁着眼睛，连忙朝Danny道喜："那真是太好了，你真厉害！恭喜恭喜！"

　　Danny尴尬地咧咧嘴："是啊，我也挺高兴的……我都高兴快五年了。"他转身朝谢宇眨眨眼睛，不动声色地用手指了指自己的脑子，"我现在算是彻底相信了。"

　　"相信什么？"何蔓问道。

　　Danny立刻变脸，摆出一副痛不欲生的样子说道："是不敢置信啊，这样的意外竟然会发生在你身上，我真心替你难过呀，嫂子！"

　　他顿了顿，很义正词严地补充道："要知道，这几年我们的感情一直都很要好的！"

　　"是……吗？"何蔓心中的疑问更加放大，转头望向谢宇，想确认Danny说的是不是真的。谢宇不知该如何回应，只能对她傻笑。

　　Danny目光飘向远方，做出陷入回忆状继续说道："每年我都会预留这桌子，亲自为你们下厨。而且你每次来都会点我们店里最贵的牛排、最贵的红酒。谢宇很宠你的，你要什么他就点什么，付款从来不眨眼的！哎，对了，我们刚好这几天进了一批拉菲，要不要试试看？"

　　谢宇的脸慢慢地变绿了。

　　何蔓倒是听得心花怒放，哪个女人不爱听别人夸老公疼自己。她立刻转头兴冲冲地问："宇，你觉得呢？要不要试试看？"

　　她现在倒是相信自己这五年可能真的和Danny关系不错了。

　　"你想点就点吧。"谢宇微笑着对何蔓说。

　　然后在桌子底下对Danny比了个中指。

　　何蔓高兴地做了最终决定："那好，就来一瓶吧！"

"还有新进的神户牛肉，空运过来的，绝对新鲜，我亲自来料理，你放心！"

"你不是做意大利菜的吗？"谢宇头疼。

"好呀，也来一份。"何蔓笑着点头。

失忆后居然这么通情达理，Danny心中一喜，趁热打铁，对何蔓进行深度催眠："你们结婚这几年啊，谢宇的所有朋友都觉得嫂子你最爽快、最贤淑。你知不知道，每到有欧冠意甲世界杯的时候，你都会主动邀请我们这几个哥们儿去你们家看球赛！而且你永远把家打扫得一尘不染，你家的白色云石地板，每天都被你抹得亮晶晶，连一根头发都没有，整屋都弥漫着淡淡的花香，那是什么花来着……哦，薰衣草！真令人回味不已啊！"

第一次有人愿意这么畅快地讲起她和谢宇的婚姻生活，何蔓虽然觉得很多描述怪怪的，但也听得高兴，这种感觉陌生又有趣。旁边谢宇的表情一直很古怪，像是忍笑忍得很痛苦。

Danny依然绘声绘色地讲着："更让我们感动的是，嫂子你每次都会在我们去之前，提前在冰箱里摆满了啤酒，啤酒种类比酒吧还要多，哦，你还会调玛格丽特，杯口细细地撒半圈儿盐……"

谢宇见Danny越说越离谱，连忙开口打发他离开："饿了，别扯了，上菜上菜。"

一见谢宇出声阻止，说得意犹未尽的Danny只好就此打住，转身向侍应生比了个手势，对何蔓说："没问题，我们待会儿再聊，不过先开酒，先开酒！"

生米煮成熟饭咯，看你一会儿付不付钱。Danny开开心心地走了。

5.

服务生动作很快，Danny刚消失，小伙子就取来了红酒和醒酒器。

不知道怎么的，也许是刚刚Danny闹腾得太厉害了，他一走，剩下的两个人开始面对面地沉默。

还好有酒。

填充心与心之间的缝隙，要么用一句一句的话，要么用一杯一杯的酒。

何蔓喝得很快，前菜和汤刚吃完，两个人就已经喝掉了大半瓶。

"慢点儿喝，"谢宇开口阻止，"你要的神户牛肉还没上呢，这瓶酒是为了配牛肉的，你现在都喝光了，一会儿怎么办？"

他当然要劝劝她，这家伙每次都要举杯敬他，害得他也不得不灌了一肚子酒。

"哦。"何蔓已经微醺，爬山虎的围墙看上去有些变形，她忽然很想讲话，往日的那些禁忌和胆怯消失不见，没什么话不能讲。

酒壮情人胆。

微醺的何蔓整个人都变得很容易开心。

也很容易悲伤。

"我回家……我已经借住了有一个多星期了呢。"何蔓慢慢悠悠地说。

谢宇不知道她想说什么，不好接话，只能安静地看着她。

"没有一丁点儿想起来的趋势啊，怎么办，我一直都想不起来了，怎么办？"

谢宇的目光穿越飘摇的烛火，明暗不定。

"那也是好事，不必强求。"他说。

"想不起来的话，我就会一直爱你。"何蔓脸颊微红，一双明亮的眼睛肆无忌惮地看着他，"像五年前一样。"

谢宇语塞。

何蔓觉得眼睛有点儿酸，但是忍住了，继续说："可是你不爱我了。你讨厌我，我感觉得到。可我不知道为什么。你能告诉我为什么吗？"

谢宇还是不说话。何蔓也不逼他，自己拿起酒杯，眯着眼睛把杯子里最后一点儿酒喝掉。

"有时候我不希望想起来，我怕想起来之后我也不爱你了。有时候我又特别希望自己能想起来，这样我就不爱你了，我们就平等了。"

"别喝了。"谢宇轻轻拿开何蔓手中的杯子。

幸好这时Danny亲自端着两盘牛排走过来，分别放在两人面前。Danny留意了一下酒瓶，眼中迸发出惊喜："嫂子好酒量啊，一瓶够吗，要不要再开一瓶？"

"你等一下！"何蔓舌头有点儿大，低头从包里翻出了一支笔，抓起桌上的木塞，在上面歪歪扭扭地写了几个字，笑着递到Danny的眼前。

上面写着四个丑丑的字："再来一瓶。"

"我们中奖了耶。"何蔓开心地笑着。

饶是谢宇被刚刚何蔓的一番话弄得心情酸涩，看到这一幕也还是笑出了声。

Danny脸皮抽了几下，转头对谢宇说："你老婆风采不减当年，无耻得浑然天成。"

直到Danny落荒而逃，谢宇依旧在笑。何蔓伏在桌上眨着眼睛注视他的笑颜，自己也绽放了一脸酒后迟钝的笑容。

"你笑起来真好看。虽然现在脸上有皱纹了，可还是好好看。"

谢宇的大笑慢慢收成了微笑。他无奈又怜爱地摸了摸她的头发。

6.

"说到Danny，我还真奇怪我这几年怎么会跟他关系变好的。我记得以前我们曾经大吵过一架呢，后来竟然和好了？"

回家路上，何蔓走路有些不稳，但也没到歪歪扭扭的地步，能看得出依然神志清醒。谢宇扶了两把，可一触到她的手，还是收了回来。

"那次吵架我记得很清楚。咱们公司那个前台追你嘛，明知道正牌女友就在公司里，还是每天给你带早饭，妖精！"何蔓狠狠地咬着牙，"Danny呢，却来者不拒，只要是追你的女人，他一律都叫嫂子，怪不得所有看上你的女人都会拿他做突破口，他那个小餐厅简直就是个盘丝洞！"

哪儿跟哪儿啊。谢宇苦笑。

　　"当时我发现小妖精经常去他的店里吃饭，我拍着桌子跟他吵，质问他为什么叫别人嫂子，你猜他跟我说什么？"

　　"什么？"

　　"他说，一切皆有可能啊。"

　　谢宇苦笑。何蔓自那次之后就跟Danny宣战了，他是知道的。

　　"我其实是理解的。你们那么多年的朋友，铁打的兄弟流水的女人，他只在乎你这个朋友，身边的女人无所谓，你喜欢谁他就接纳谁，没什么错。"

　　何蔓说着还自己点了点头。谢宇一直小心地注意着她的步伐，一路都很沉默，听她自言自语。

　　"我记得，我当时信誓旦旦地对他说，你等着，Danny，我会让你看看，除了我之外还有谁能有这个'可能'！"

　　何蔓说到这里，顿了顿，像只可怜巴巴的小狗一样看着谢宇。

　　"所以我今天见到他，觉得有些丢脸。我到底也没能成为唯一的可能性啊。"

　　她低下头，眼泪说来就来。喝多了的下场就是drama queen（小题大做），感情喷薄，哪里还用得着酝酿，何况她这段时间已经憋得够呛了。

　　就在这时，谢宇裤袋里的手机振动起来。

　　他掏出电话一看，是一通Face time，来电者是Lily。

　　谢宇微微犹豫，然后轻轻地按了手机侧面一下，悄悄从振动转成了静音。

　　他把手机揣回口袋，安静地看着她，许久，才轻声开口问："要不要再喝点儿啤酒？"

　　何蔓一怔，恍惚中抬头，透过眼中泪花的阻隔，看到一个模糊的、泡在水汽中的谢宇，模糊了时间，一如当年。

　　"要啊，"她破涕为笑，"你两罐，我一罐。"

第九章 ／ 我从来不问的，你从来不说

没意思。

Lily觉得这三个字像是一脚踹到了她心窝里。

的确没意思。她发火也好，忍耐也罢，抑或策略性地忽视装傻，都没意思。

♡

1.

Lily站在谢宇家门口的阴影中。出租车开走,她一个人捏着手机,躲开路灯的光晕,安静地等。

等到那两个明显喝过酒的人,微微摇晃着,笑着,相偕着,从路的尽头慢慢走过来。

2.

认识谢宇前,Danny对他的介绍是:"我兄弟,极品好男人,有房有车成熟稳重,相貌堂堂,八块腹肌。"

"那为什么都到这个年纪了,还需要通过你来介绍女朋友?"Lily一边用小勺子挖着冰激凌,一边漫不经心地问,"如果真的经济条件好，那一定长得丑；如果长得好看，那一定到现在还没混出名堂。否则没法儿解释。你又在胡扯。"

Danny咧咧嘴。

Lily知道，Danny心里一直把自己当成一个只会买衣服、粘假睫毛、涂指甲油的没脑子小甜心。当然，她也只把Danny当成一个开饭店的小开，十句话有九句注水，完全不值得信任。

"他自己没想找女朋友，是我想给他介绍，但我保证所说绝无虚言。而且，你这么漂亮，他这么优质，你们还都是单身，不在一起简直天理难容。我作为旁观者，介绍你们认识，属于替天行道。"

"那他为什么不喜欢找女朋友？"Lily忽然来了兴致，瞪大眼睛，"他是不是……是不是……不喜欢女人？"

"胡扯什么！"Danny不得已说了实话，"他离婚了。那个何蔓哦，简直是伤透了他的心，不过现在说了也没意义，反正他终于脱离苦海了。他现在正是情伤，心里正好有个缺口，跟你正合适，正是你下手的好时机啦！"

Lily在和谢宇见面前，仍然在脑海中回放着Danny的夸张言辞，就等着眼前蹦出来一个次品货吓自己一跳了。她没有抱什么希望，纯粹是因为无聊，反正她年轻得很，有大把时间可以慢慢挑。

离婚的男人还没交往过，可能会蛮有意思呢。即使她看不上，对方也一定会看上她，不就是多一个备胎吗？没什么了不起。

然后，谢宇从街对面边打电话边走过来。

一见终生误。

谢宇和她以前交往的年轻男生差别很大，已经成形了的深邃五官，略显沧桑的胡楂儿，看人时沉静的眼神，都让Lily怦然心动，觉得不知所措。

她知道谢宇是喜欢自己的。初见时，在咖啡店的室外阳伞下，她站起来朝他微笑，他眼前一亮，像是看到了某个熟人。

这算不算一见如故？

后来，Lily在医院看到了何蔓，才明白过来，这个故人究竟是谁。

她谈过很多次恋爱，所以也感觉得出这段关系从一开始，谢宇就没有什么热情，不过一旦确定了关系，她还是能感受到谢宇方方面面的关心。

也许只是因为谢宇是成熟男人，和那些毛头小子不一样，不莽撞，虽然也失去了一些浪漫，但充满了安全感。

可惜的是，这种安全感在Lily第一次和谢宇回家的时候，就遭到了挑战。

她看得出来，谢宇还爱着他那个据说特别差劲儿的前妻。即使心里没有一席之地，至少家里也有。

谢宇觉得他前妻已经把能搬走的东西都搬干净了，可男人的心实在太粗。Lily一眼望过去，几乎处处都是前妻的痕迹。这个她没有见过的女人，用自己的家居品位给Lily来了个下马威。

还好谢宇粗线条，没有太阻拦她别有用心的"家居改装"。Lily不敢扔掉两人的情侣刷牙杯，就把它们藏在柜子的深处，然后用自己的化妆品、耳环、拖鞋和睡衣来侵占领地。

有时候，人和宠物狗也没有太大区别。

没有人不喜欢Lily。她自己也完全知道怎样表现能让所有人都喜欢自己。路人甲都能随手搞定，何况是她处心积虑想要占有的人。

她旁敲侧击地打听过谢宇的喜好。Danny的话只能信三分之一。她小心翼翼地试探、揣摩，变成他的好女友。他的前妻自私专横、冷血刻薄，那她就要做个会撒娇够体贴的小甜心，从不提让他难过的任何事情。

何蔓能让他哭，她就一定要让他笑。

谢宇曾经对她说："Lily，谢谢你从来都不问我的过去。"

她甜美地微笑，说："更重要的是以后啊，我拥有你的现在和以后，还关心什么过去。"

怎么可能不关心，像猫爪子一样在心里挠啊挠，痒得不行。

然而，就在Lily觉得自己已经完全被谢宇接受，能够在他面前自如地撒娇甚至发点儿小脾气的时候，居然传来了"何蔓出车祸"的消息。

谢宇接到电话时的反应，让Lily的心里特别酸涩。

他眉眼间的那种焦急，完全就是爱的表现啊。

患难见真情。Lily一直不喜欢这句话，她才不要患难。

更别提患难试出别人的真情了。

Lily一边强颜欢笑和Danny等人打牌，一边安慰自己，何蔓毕竟是他前妻，要是他真的表现出特别冷淡的样子，也会令人觉得很心寒——自己找了一个重情义的男朋友，这是一件好事。

假装听不见那个来自过去的定时炸弹在耳边嘀嗒嘀嗒读秒的声音。

直到今天夜里，谢宇第五次拒接她的Face time，这个炸弹终于

"轰"的一声,炸碎她一地玻璃心。

骗子。她冷眼看着远处走来的两个人。

3.

Lily堆起笑脸,从阴影跳进路灯的光晕下。

"Hey!"

她清脆的声音在静谧的夜里回荡,谢宇吓得大叫一声。

Lily像是没看到他们的惊诧一样,主动上前和何蔓打招呼:"你好,你是不是何蔓?我是Lily,是阿宇的女朋友。"

Lily歪着头,笑吟吟的,轻松地面对何蔓。

她刚才已经躲在阴影里观察何蔓很久了,从发型到妆容、裙子到鞋子,品评了好久。

品位也就一般嘛。

醉了的何蔓反应有些慢,她似乎对Lily的出现没什么太大兴趣。

"你好,我是何蔓。"她慢吞吞地说。

"Lily……"谢宇在一旁插话。

Lily没有打断他,而是兴致勃勃地转头去看他,好像心中毫无芥蒂,正在耐心地等他来解释,任由他把自己的名字拖着长音。

果然,谢宇没话说了。

说得出话才怪。Lily绕过何蔓,走到他身边,自然地挽起他的手臂,笑道:"何蔓姐,我知道你的,谢宇说过很多关于你的事。发生在你身上的事我很遗憾,希望你很快就能恢复记忆。"

话一出口，Lily就发现了自己语气的生硬，果然是有些撑不住了。

能这样客套就不错了。

Lily把目光从让她有些失控的何蔓身上转移到了谢宇身上。她微嗔地抱怨："你怎么不接人家电话，忘记你怎么答应我的了吗？看来刚吃完大餐喔！现在吃甜点刚好，我买了红豆汤，进去一起喝吧！"

谢宇笑笑，点点头，没说话。

Lily也没期待他能有什么反应，只是亲昵地搂着谢宇的左胳膊，故意把何蔓晾在一旁，拉着他进了屋。

何蔓，我和他站在一起，我们的背影好看吗？

Lily抿着嘴，笑着大步向前走。

落在后面的何蔓，扶着门口的墙壁，看着前方两人亲密的背影，游离的眼神渐渐恢复清明。

4.

何蔓坐在二楼楼梯口，手里的那一罐啤酒还没喝完。

透过楼梯的缝隙，楼下客厅的两个人影隐约可见。

"你喝了酒吧？没关系，喝点儿红豆汤吧，红豆对肝好，解酒的。"Lily的声音传过来。这个女生讲话好像一直很大声。软糯甜美，却响亮。

"好。"谢宇低声说。

“我喂你。”

“我没醉，自己能喝，没关系。”

“我就要喂你！来——张口……”

“Lily，别闹了……”

“来嘛！快一点儿……人家举着调羹的手都酸了……”

何蔓一脸漠然地听着，越不想听越要听。

良药苦口。

5.

“Lily，我知道你心里有气，你冲我发火吧，别这样。”

Lily怔住了，然后又笑起来。

“没有生气啊，我都可以理解。你不要这样对待我的好心啊，这两碗红豆汤可是我大老远拎过来的，来，尝一口吧！”

“你何必。”

“你又何必？”Lily觉得自己的笑容僵僵的，像是马上要从脸上滑下去了，“你就把红豆汤喝了，会怎样？怕她看见？”

谢宇摇头：“我不是这个意思。我跟她之间不会有任何可能了，但是也没必要这样刺激她，没意思。”

没意思。

Lily觉得这三个字像是一脚踹到了她心窝里。

的确没意思。她发火也好，忍耐也罢，抑或策略性地忽视装傻，都没意思。

她转过身，将手中的瓷碗大力地朝着墙壁扔过去。

刺耳的碎裂声像是卸妆的序曲。Lily终于卸去了脸上早就挂不住的笑容。

"你怕刺激她！那我呢？离婚夫妻住在一起，帮她找回忆，你拿我当傻子吗？离婚了还庆祝结婚纪念日，连我的电话都不敢接，你到底心里有什么鬼？你们既然感情那么深厚，有本事别离婚啊？你要我吗，谢宇？我还要忍多久？她到底还要在这儿住多久？到底谁是你的女朋友？难道我做得不好吗？你一定要她住进来，我说什么了吗？这段时间，我迁就的还不够吗？知道你工作忙，不想影响你心情，所有的坏情绪我都自己收拾好！我只是让你接一下Face time而已，你连这点都做不到，还要我相信你什么？！"

Lily喘着粗气，声音再也没有了一丁点儿嗲意。

她一直对自己有信心，离婚又如何，心里有别人又如何，有挑战的感情才有趣。他前妻何蔓的短板都是她的强项，他心中再深刻的影子，她也可以强行拆除，盖上自己的房子。

所以她不问，不发火，不给他添麻烦，他们觉得她肤浅又可爱，让人不觉得累，这样最好。

但是现在这个样子的才是真实的Lily，不是谁的宠物小女友，不是几句好听话就能哄得团团转，更不是谁的替身。

得到了又如何，得不到又如何。

也许漫长的以后，某一天她真的能得到他，也真的能够用自己的感情去战胜这两个人多年来的拉扯纠葛。

但是那样有意思吗？没意思。

她有大把青春、大片世界，为什么要这样虚掷？

看着一言不发的谢宇，Lily火力慢慢减弱，声音变得难过而无力。

"何蔓这个人，我从各种渠道听说过很多事情。即使你从来不跟我提她。我从来不问，你也就从来不说。你谢谢我的体谅，可你何尝体谅过我呢？其实我一点儿也不懂你们。就当我太年轻吧。你能不能告诉我，是不是真的只有伤害过你的人才会被记住？她那样伤害你，那样对你，你现在为何还要这样呵护她？我真的不懂，谢宇，你贱不贱？"

Lily昂起头。她的甜心形象彻底崩塌，估计以后都没脸去见Danny了。她觉得自己真的没有力气再在这里待下去了，于是站起来，拿着自己的包，穿上鞋，准备离开。

"本来想问问你到底有没有爱过我，现在觉得都没有必要了。"

她在门口轻声说了这句话，转身就哭了起来。

可走出房门还是等了一阵。

她心中有无数恋爱兵法，比如吵架之后习惯性地等一等，给对方一个追自己回去的机会。不是不死心，只是出于习惯。

谢宇没有出来。Lily心中凉凉的，自嘲地笑了一下，大步地离开了。

6.

何蔓静静地听着。

见到Lily的时候，她就觉得她们有些像。只是Lily比她漂亮，也比她年轻，可以控制得住脾气，可以在关键时刻搂住谢宇的胳膊顾全大局，可以嗲得像个六岁的孩子。

何蔓自知情商差了一万年，自己一样也做不到。

直到对方把瓷碗甩向墙壁，何蔓才发现，Lily和她还可以更相像的。

自己这样，也算是破坏他们感情的极品前任了吧？何蔓不敢多想。酒早就醒了，却不敢下楼。她隐约看到谢宇呆呆地在沙发上坐着，像是傻了一般。

Lily说，她伤害了谢宇。Lily问谢宇，你还这样呵护她，你贱不贱？

以前他们到底闹得有多不堪？她又是怎样伤害谢宇的？

何蔓也没有勇气和脸面再下楼去把自己今天晚上原本准备的一番剖白说给谢宇听。她从口袋里掏出那个蓝色的丝绒袋子，轻轻地捏了捏里面的指环，内心酸涩地笑了，紧紧地将它攥在手心里。

第十章 / 我们曾经那么好

她在脑海中努力想象着自己指着谢宇恶言相向的模样，可再怎么努力也拼凑不出那份恶形恶状。

他们曾经是那么相爱。

♡

1.

此后的一个星期，何蔓和谢宇愈发像两个合租的室友。他们没有谈论过七月七号那天的事情，何蔓也不知道谢宇和Lily后来有没有和好。谢宇忙起来昏天黑地，常常后半夜才回家，何蔓时常会睡过去。但她还是做过几次饭，特意给他留在厨房餐台上，用透明的纱网罩住，上面附着小纸条："自己热一下。"

可是第二天早上何蔓醒来就能看到，谢宇一口都没有动过。

她还会问他一些跟2012年有关的问题，他也依旧会细心回答，答案都很简短，像个匆忙的高中老师，随时准备夹着教案下班。

平时何蔓发给谢宇的短信，谢宇也基本不会回复。何蔓的手机一直安安静静的，偶尔有新信息，也都是通信运营商、垃圾广告和手机诈骗犯。也会有两三条陌生号码的短信，发过来的都是些标点符号，有时候是一个句号，有时候是一个问号。何蔓都没有回复过，很早之前谢宇在给她做手机使用培训的时候就说过，骗子号码尽量不要回复，说不定随便一条短信就会让自己的手机被迫下载什么奇怪的彩铃或者强制包月。

那谢宇不回复她的短信又是为什么？怕一旦回复，就被她这个骗子强制包终身？

何蔓叹息。

他没有催她搬走，却用这种方式让她没脸再继续住下去。

又一个周六的早上，何蔓拖着大箱子，离开了谢宇的家。

其间，她的手机邮箱收到了几封来自公司的邮件，通知她病假下个月就要到期，公司同事欢迎她尽快重回工作岗位。

她哪里会做创意部总监啊，公司里的那些新同事、手头的客户资源，她肯定一个都不认识。要是老板知道她失忆了，估计即刻就会被用同情的口气通知，不用再来上班了。

下个月，像一口铡刀立在道路的前方。

除了谢宇，何蔓终于又找到一个必须恢复记忆的理由。她需要一份工作养活自己。现在她自己租的这间单身公寓每月的房租是7500元，她要是再不上班，就等着被扫地出门吧。

"何蔓，你真奢侈。你是真想逼死我啊。"

她现在已经习惯了对着镜子跟车祸前的那位何蔓聊天。

"到底要怎样才能想起来呢？再熟悉的生活环境好像也没什么用啊，我是不是得再被撞一下才能恢复记忆啊？好像电影都是这样演的……"何蔓正为自己有这样的想法感觉好笑时，家里的电话响了起来。

"请问是何小姐吗？"

"我是。"

"何小姐！终于找到你了，之前几次拨打您的手机都关机，这个座机号码又没有人接。你好，我们是大兴电脑公司。你上次送来的电脑已经修好很久了，但一直联络不到你，你随时都可以来取回。"

"是吗？好，我现在过去拿，你可以把地址给我吗？"

因为车祸，何蔓的电脑受到了损坏，是何琪在她昏迷期间帮她料理了这些琐事。

我有自己的电脑了！里面一定有很多重要信息！就像在大海中抓到了一根浮木，何蔓心中升起了无限希望。

她简单地扎了头发就冲出门，兴冲冲地把电脑拿回了公寓，扔下包包，就盘腿坐上沙发打开电脑。

何蔓很快遇到了一个难题。她把开机密码忘了。

她茫然地对着从维修中心拿回来的电脑发呆，屏幕上的保护程序，"请输入密码"后的空白栏，在那痴痴地等着何蔓的回应。

何蔓记得谢宇说过，她习惯把自己的手机和电脑密码设置成"输入错误超过十次就自动销毁里面所有资料"的自残模式，生怕别人觊觎里面的客户资料，谨慎得很。

十次啊，何蔓的手指小心地抚上键盘，胆战心惊地尝试了一个六位数字。

070707

屏幕上的一朵小菊花转呀转，登录成功。

"又是这个密码……何蔓啊，你当初，到底是不是真心想离婚？"

何蔓对着屏幕叹了口气。

她怀着忐忑和激动的心情点进了自己习惯放私人文件的文件夹，好在她这个习惯一直都没有改变，文件夹中果然存着很多从前的录影档案。

每段视频档案都清晰地标注了不同的主题，有"1/4个世纪生日派对""粉红色的少女时代""偷拍78"和"为你触电"……

这种老土的命名方式的确是她的风格。何蔓失笑。

她首先选了"为你触电"的档案，轻轻点了两下。

影片一开始，室内一片漆黑。谢宇拿着螺丝起子，正在修理墙上的电灯开关。她自己则在旁一手拿着手电筒帮忙照看，另一手拿着一根香蕉在吃。

"你会修吗？小心被电到！"何蔓咬了口香蕉。

谢宇特爷们儿地回答："开玩笑，小事一桩，手电筒靠近一点儿。"

就在这时，谢宇突然"啊"的一声大叫起来，接着浑身颤抖，脸部出现扭曲痛苦的神情。

自己以为谢宇触电了，在一旁吓得魂飞魄散，不停地尖叫："宇！你怎样了！你还好吧！"

谢宇"咣当"一声倒在了地上。画面中的何蔓当场就吓哭了，连忙跑过去，刚要伸手触碰谢宇的时候，还是理智地停下了，转身拿起自己掉在地上的香蕉，轻轻地戳了戳谢宇的肋骨。

谢宇的"尸体"忽然爆发出一阵哈哈大笑，何蔓吓得一屁股坐在了地上，气得把手上的香蕉直接甩到了谢宇的脸上："你这个王八蛋！"

"你干吗拿香蕉戳我啊？"

"我怕触电啊，这样咱们就都完蛋了，我还怎么救你！"

"你知不知道香蕉是水果，水果也是导体，照样导电啊！"

"啊？"何蔓傻傻地看向镜头。

电脑前的何蔓看到这里实在忍不住，趴在桌上笑出了声。

这就是我想象中应该会有的婚后生活啊！那么快乐……何蔓笑得开怀，表情瞬间又黯然下来。

可是后来呢？

她关掉这段视频，继续浏览着影片档案，一个熟悉的名字跳入何蔓的眼中"小环25岁生日"。

路小环。

她最好的闺密，高中同学，大学还同校，十几年的感情，比家人还亲密。后来，何蔓热恋、结婚，小环也和新男友甜甜蜜蜜，两人不再像以前一样总是黏在一起，但是感情丝毫没有被冲淡，依旧可以为对方两肋插刀。

这时何蔓才意识到这个严重的问题，自己出了这么大的事，为什么小环到现在都没出现？从医院醒来到现在，何蔓都没见到小环，也没接到小环的电话。她刚开始躺在医院里，听到何琪说起自己离婚的事情，原本觉得莫名其妙，第一时间就想给路小环打电话，转念一想她被单位外派到英国了才作罢。

其实，外派公出已是五年前的事情了。是何蔓躺在床上昏了头。

那么到底是怎么回事？何蔓连忙拿出手机，在通讯录里面找到路小环的电话，直接拨了过去。

没有人接。

她正要发短信问问小环的近况，并跟她讲述自己现在的情况，约她出来见一面，这时小环的短信先钻进了手机。

"请问有事吗？"

傻子都能看出来，自己跟小环之间也结了仇，而且还不是小仇。

她连忙在手机里面打了好长一段话，从自己车祸到失忆，到现在的心情和谢宇的状况……打到最后，发现自己根本说不清。

于是一个字一个字地删掉，重新打了一行字发出去。

"我想见你。"

2.

华灯初上。何蔓坐在咖啡厅里等待路小环的到来。侍应生把一块轻奶酪蛋糕端到她的座位上。何蔓说了声谢谢，转头继续看桌上的电脑。

路小环生日的视频。

画面开始，出现一个男人的翘臀。何蔓愣了一下。

随着镜头开始移动，她意识到这是一个平面摄影棚，摄影师正在调灯光；紧接着身上围着一条大毛巾的小环出现在画面中，眼睛一边盯着男摄影师的翘屁股，一边转头用色色的表情压低声音对着镜头说话。

"蔓，快！快拍他的翘屁股！"小环的声音高兴得都颤抖了。

何蔓一听到影片里小环的声音，感觉好像整个时光都倒流了。

高中刚入学的时候，何蔓并没有那么外向。她父母早逝，和亲姐姐一同在叔叔家长大。虽然是自家亲戚，可毕竟寄人篱下，即使婶婶从没让姐妹俩为难，但她们还是自然地学会了看大人的脸色。

只能表现得很乖，不添麻烦。何蔓习惯了压抑自己的情绪，在班级里也是个埋头好好学习、与人为善到有些软弱可欺的形象。

直到遇见路小环。

即使在同一个班里，她们其实也并不熟悉。何蔓的精力大多放在学业上，跟同学们交往不深。她需要早日自立起来，不再给家中亲戚和姐姐增添负担，所以每次考试的成绩她都很看重。

可高一的期末考试偏偏考砸了。

同学们都沉浸在马上要放假的氛围中，下课铃一响就纷纷背起书包冲出教室。只有她还坐在原地，愣愣地看着窗外。

"你怎么啦？"一个女孩儿的声音在耳边响起，充满活力。

她转过头，看到班长路小环。

"没什么，"她笑了，"假期愉快！"

路小环劈手夺下她忙着要塞进书包的考卷，瞄了一眼，笑了："是因为成绩吧？这次你居然没考进前五名，我也觉得很惊讶。"

关你什么事。何蔓还是笑："知道了，谢谢你。"

她背起书包正要走，忽然又被路小环拦了下来："你这样会得病的，难过也要笑，多痛苦啊。你要学会发泄情绪。"

这个女生怎么这么烦。何蔓皱了皱眉头。

"对对对，就是这样，你烦我就要表现出来，不开心也一样。"

何蔓愣住了，竟然有人能看穿她伪装的"一切都好"的表象。

"那我要怎么发泄情绪？"她疑惑地问。

"就是……你现在想要做什么就去做啊，想哭就哭想笑就笑，就这样。"

"那我现在想吃冰激凌。"何蔓认真地说。

"那我们就去吃冰激凌！"

后来何蔓才知道，那天路小环正好是"大姨妈"第一天，吃完冰激凌当晚就疼得死去活来。

但是当何蔓问起的时候，路小环只是满不在乎地说，人生这么无聊，大家难得会有想要做什么的冲动，我吃冰激凌又不会死，怎么可能去扫你的兴！

何蔓怎么可能错过这个朋友，一个才上高中一年级就会对她说人生这么无聊的、看见帅哥就冲上去要电话的、天不怕地不怕的路小环。

影片画面外传来何蔓自己的声音，把她的思绪全都拉了回来。

何蔓的画外音也超级兴奋："你看你看你又露出这副色鬼相！还不快把你的毛巾扯下来，过去泡他！"

两人嬉闹着，小环露出色色的表情，接着开始对着镜头搔首弄姿。

"蔓！我今天漂亮吗？性感吗？"

何蔓兴奋地回应道："正死了。"

这时镜头掉转过来，转为自拍。何蔓出现在画面中，对镜头说话："各位观众，今天我有一个重要的任务，由于小环小姐已经不小了，青春已逝……"

何蔓还没说完，小环的脸也挤进画面，一边对镜头比V的手势，一边大叫："二十五、才二十五……"

何蔓笑着把小环推出画面："疯婆子，走开啦！"

她转过头继续对镜头说话："没错，为了庆祝小环二十五岁的生日，我们决定要为我们青春的肉体，留下美丽的证据！就是要……拍裸照！"

镜头再度移向旁边围着一条毛巾的小环，小环"哗"的一声，像蚌壳精一样，把原本围住身体的毛巾迅速打开又合上。

何蔓哈哈大笑："哇！巨峰葡萄！"

紧接着，屏幕产生剧烈的晃动，小环抢了何蔓手上的V8，开始拍何蔓。

何蔓身上一样，也只围着一条毛巾。小环一边拍一边对何蔓鬼叫："Come on, baby! Show some guts！（拿出点儿勇气来）"

何蔓转身背对镜头拉开毛巾，性感地扭动躯体，画面定格，影片到此结束。

就在这时，咖啡馆的门被推开，一个身形瘦高的干练女人走了进来。

3.

路小环一身香奈儿套装，脚踩一双 Jimmy Choo 的高跟鞋，头发盘得一丝不苟，妆容精致得无懈可击。

何蔓哑然，连一句招呼都打不出来。自打她醒过来后，无论是见到何琪还是谢宇，都没体会到太大的变化，然而路小环是真真正正震惊到了她。直到她结婚前，小环依旧是旅游杂志社的编辑，薪水不多，但这份工作好在可以到全世界各地出差，而这恰恰是小环最喜欢做的事情。不像何蔓一出行就挑剔酒店，路小环可以背包走天下，睡青年旅社，挤绿皮火车，用双脚丈量全世界。何蔓对于奢侈品的向往和喜爱一直令路小环嗤之以鼻，她热爱小众，热爱旅途。

无论如何，现在路小环脚上的这双名牌高跟鞋是没法儿爬山的。

好像一切都变了。

不过何蔓还是很激动，她立刻站了起来，小环却径直走过来坐下了。

"Hi！好久不见！"

何蔓刚要说话，服务员就把她点的咖啡送了过来。看了看何蔓点的咖啡，小环抬头对服务员说："我也要一杯一样的。"

何蔓心中一喜，把咖啡推了过去："我也不知道你是不是还喝黑咖啡，也不知道你什么时候到，所以就没给你点，要不你就先喝我的？"

"不用，不用。"小环客套起来。

何蔓有些失落地看着她，心头有千言万语想说，却又不知该如何说起。

小环也打量着何蔓，两个人沉默了好一会儿，小环脸上的表情有些松动，主动问起："到底什么事？"

何蔓硬着头皮说道："不管我说什么，你都会相信我吗？"

小环愣了愣，轻轻一笑，看向窗外："不一定。"

"小环……"

"反正你也不相信我，彼此彼此。所以我也不能保证。"

到底怎么了？

何蔓不再卖关子，一咬牙，直奔重点："我前阵子出车祸昏迷了一个月，醒过来之后便失掉了五年的记忆，医生说我这是暂时性失忆。"

果不其然，路小环笑出了声，脸上写了几个大字，你拿我当傻子？

路小环虽然热情奔放，但实际上是一个很注重"眼见为实"的人。何蔓了解她这一点，也早有准备，从包里掏出了医院给她开的一堆诊断书和化验报告。小环没想到她这么认真，接过去认真看了起来。

"暂时性失忆？"小环满脸疑惑。

"是不是感觉很荒谬？"何蔓不好意思地笑了。

她不再介意对面小环怀疑的目光，看向窗外，慢慢地把自从她车祸醒来到今天发生的所有事都告诉了小环。

小环只是静静听着，若有所思。

"我完全忘记了我跟谢宇结婚五年来发生的事，连我们是为什么离婚也想不起来。医生说有可能是我潜意识中，很想忘记这五年发生过的事，所以大脑才会把那些记忆删掉。但我真的好想知道我跟谢宇到底是为了什么离婚，我从前又是一个怎样的人。谢宇一直不肯直接告诉我，我想也是有他的原因，我想这个世界上，可能只有你才会知道一切，但我没想到……我好像和你也闹翻了？"

小环的黑咖啡也上来了，她搅动着勺子，好像内心挣扎了很久，才终于叹了口气，轻声说道："也不知道是不是应该感谢你出车祸？不然……我想我们可能永远都不会再见面了吧？你知道吗？我们有很长一段时间没联络了。"

虽然从小环这儿确认了自己的猜想，但何蔓还是很难接受这个事实，她像是在问，也像是在自言自语："闹翻？怎么可能。"

她们从中学开始就是好友，不是没吵过架，可天大的矛盾，只要说开了就好了，从来不会闹得这么严重。

听何蔓这么一说，小环也难过起来："我们之间，也是跟你和谢宇的事有关系。"她露出一个苦笑，直视着何蔓的眼睛，"告诉我？你想知道什么？"

眼前的何蔓，就像大学刚毕业的时候，一脸的天真。小环有那么一瞬间，甚至以为自己穿越到了五年前，两个人无忧无虑地在一个充满阳光的下午，喝着咖啡，聊着男人。

这样想着，连小环自己都觉得这一身套装真的很别扭。

4.

"你跟谢宇刚结婚的三年，过得很开心。你们就像是连体婴，连一秒都舍不得离开对方。朋友们都超羡慕的，我埋怨了你好久，觉得你重色轻友。"

像是想起了那时候的何蔓，小环自进门起第一次笑了起来。

"要说那三年，你们之间有什么问题，恐怕还是出在谢宇身上。他本来比你年长，职位也比你高，晚上经常要去跟客户应酬，至于客户喜欢去的地方嘛，大多都是些……那种场合，你懂的呀。

谢宇人长得帅又会玩儿，自然很多女生黏着他。本来这些情况你也都知道，你为此吃飞醋、吵架的情况也有，但还是相互信任，吵吵就算了，都没什么的。"

小环喝了口咖啡，继续说道："自从两年前你挽救了一个项目，成功踢走一直压着你的那个虎姑婆之后，整个情况就变了。你在公司居然比谢宇的职位还高。当然一开始两个人还是好好的，我们大家聚会的时候调侃说，以后谢宇要靠何蔓养活了。谢宇听了会一直笑，你呢，居然就会把自家男人护在背后，摆出一副母老虎的样子，说这叫'舐犊情深'……但是慢慢地，矛盾还是一点点现了。"

当时，何蔓的工作压力巨大，忽然从一个小主管升为核心部门的总监，工作内容、工作强度都有了很大转变。何蔓年轻，喜怒形于色，资历又浅，根本压不住下面浮动的人心。可她从小就不服输，硬是要啃下这块硬骨头，除了业务能力变强以外，她整个人连性格都被自己硬生生给扭转了。

一天只有二十四小时，她恨不得十八个小时都泡在公司里，那就代表，她大部分时间，都是一个冷酷的何蔓。

久而久之，就回不来了，哪怕对生活中的人也一样多疑和易怒，当朋友们，比如小环或者Danny，委婉地对她提出劝告时，她反而会变得更易怒，觉得所有人都在针对她。

本来应该对何蔓施以安抚的谢宇，工作也更加忙。两人在同一家公司上班，晚上又住在一起，竟然会有连续一个星期碰不到面的情况。

"那个时候，谢宇也很不收敛，对女生完全不避讳，好像故意要惹你生气一样，常常在外面喝酒喝到天亮才回家。老实说，没有一个女人能忍受这样的老公。

"我们这些外人，只是知道一些你们吵架的原因，虽然也参与过劝架，但也不能说完全了解，"小环讲起这些，不住叹息，"你说自己在公司加班到深夜，直到整栋大楼只剩下你一个人，可回到家里还是冷冰冰，谢宇不知道到什么地方鬼混了，电话也不接，接起来就能听见旁边吵得要死的音乐和女孩子讲话的声音。谢宇呢，觉得你自从升职之后就开始各种瞧不起人，不尊重他的工作，疑神疑鬼。每次他试图说服你，让你信任这是他工作的一部分，你就会讽刺他一天到晚做这种不正经的工作，怪不得做了几年还只是个小经理。他要是劝你不要为了一份工作让自己变得面目可憎，你就会立刻反过来指责他妒忌你……"

听着小环诉说着自己过去这五年和谢宇的婚姻生活，何蔓觉得简直就像是一部悲惨的电视肥皂剧，甚至比医院里何琪说出"你失忆了"这四个字的时候还荒谬离奇，难以置信。

她在脑海中努力想象着自己指着谢宇恶言相向的模样，可再怎么努力也拼凑不出那份恶形恶状。

他们曾经是那么相爱。

小环的话让何蔓消化了很久。

水滴打在落地玻璃窗上，一开始只是几滴，忽然大雨倾盆。两个人一齐在雨声中沉默。

"那……那我跟你呢？是怎么闹翻的？"何蔓觉得自己的声音格外艰涩。

小环讲往事讲出惯性了，发现这段往事好像也没那么难以启齿了。

"是去年我到上海出差的时候，经过外滩一家酒吧，很巧地看到刚好也正在出差的谢宇。当时他已经喝得烂醉，完全走不动。我本来应该第一时间打给你的，可是估计你一听说他又烂醉，绝对会炸锅，所以我也不敢告诉你。谢宇已经不省人事了，我又不知道他的酒店在哪里，只好带他到我房间过了一晚。第二天我们都不敢跟你说，怕你胡思乱想，但后来你还是通过翻谢宇的手机知道了，杀过来跟我大吵大闹，说本来以为我们可以为彼此两肋插刀，没想到，最后是我在背后插了你一刀……总之，一塌糊涂。"

何蔓张张口，发现自己连一句"对不起"都说不出口。

说到这里，小环拿起自己的手机，从相片档案里，找出一张照片。照片中，小环和一个很英俊的混血男子搂在一起，背景是马德里的街头，两人对着镜头开心地笑着，神态亲昵，天生一对。

小环指着照片："Randy，还记得吗？"

何蔓点点头："你好不容易才泡到的啊，说认识了他才第一次想要结婚……"

"被你闹分手了。"

何蔓哑然。

她说不出"对不起"，更讲不出"请原谅我"这种话。发生的一切都浸满了时间的重量，伤害一天天累积，变得厚重艰涩。谢宇也好，小环也好，都用了漫长的时间来恢复，哪里是她一句轻飘飘的"对不起"就能抵消的。

她内心沉重，想哭却哭不出来。这一切都是她做的，她知道，却不记得，所以完全无法感同身受。

即使再真诚的歉意，里面也夹杂着一丝无辜。

何蔓轻声开口："小环，我没法儿对你说对不起。好像在要挟你原谅我、重新跟我做朋友似的。我没脸这样讲。"

她从钱包掏出一百块钱压在杯垫下面："我请客。"说完就拎起包匆匆要逃走。

小环立刻站起身拦住了她。

5.

何蔓拉着路小环从酒吧里出来的时候，小环的眼睛依然长在那个笑容干净的驻场歌手身上。

"别看了，那孩子顶多十九岁，你注意一下社会影响。"

路小环喝多了，嘴巴就跟不上大脑思维，想了半天也不知道怎么还击何蔓，于是又钻进了旁边的7-11，拎了两罐百威出来，硬塞一罐给何蔓。

"还喝？"

"喝！为什么不喝。我明天下午就要坐飞机去日本出差，好几个月以后才能回来。那时候，说不定你就已经什么都想起来了，又变身刻薄鬼，我想不想再见你还难说呢。今朝有酒，今朝醉！"

"啪啪"两声拉开拉环，路小环朝何蔓举了举啤酒罐，就自己先仰头灌了下去。何蔓头有点儿晕，把铝罐捏得噼啪作响，看着小环笑。

路小环没提原不原谅的事情。

当时在咖啡馆，她拦住狼狈的何蔓，硬是把她按回座位上。几分钟诡异的沉默之后，她忽然拆散了盘发，把外套一脱，长出一口气。

"这地方好闷啊，衣服也是，胳膊都伸不开，烦死了。我们去喝酒好不好？"

何蔓愣了，眼前的路小环像是也一瞬间失忆了，穿越回了五年前。

刚刚气氛那样压抑，她都没哭，此刻看着这个眉宇间无比熟悉亲切的朋友，却突兀地哭出了声。

"干吗呀你，好好的哭什么，苦情戏上身了你？"小环诧异，连忙起身坐到何蔓这一边，从桌上抽出两张纸巾帮她擦眼泪。

"我不知道，我就是想哭……"何蔓抽抽噎噎地说不出话。

小环叹口气，语气怅然又放松："你知不知道，在来的路上，我还在想见到你之后一定要对你很冷漠，话怎么难听就怎么说，一定要报复回来。结果见到你可怜巴巴的那个样子，就什么都不想计较了。"

"小环……"

"你说你，这么多年的感情了，怎么会忽然担心我要抢你男人？你神经病吧？你知道我多生气吗？其实大学里我成绩比你好，社团学生会的经验也很多，但毕业了以后，你一直都比你混得好，可我对你表现出任何羡慕嫉妒恨了吗？你做职场白领，我做背包小清新，井水不犯河水。我把你当一辈子的朋友，结果反倒是你先跳出来，说我的不是！"

"我……"

"你什么你啊，别哭了，又没死人，赶紧给我起来，陪老娘去喝酒！"

何蔓被小环像牵狗一样牵出了门。

晚风微凉。

幽深狭窄的马路两旁，霓虹灯次第亮起，透过繁盛茂密的法国梧桐，遮遮掩掩地露出一点儿端倪。这个城市一直都是这样，越晚越美丽。

何蔓和路小环并排坐在马路边，看着来来往往的城市动物，一罐啤酒喝得很慢。

"没想到，我们也沦落到了在街边看年轻姑娘露大腿的年纪了。"

何蔓笑："她们也羡慕你穿香奈儿啊。话说你就这样坐在路边，衣服都糟蹋了，不心疼啊？"

"假的。"

"假的？都是假的？"

"鞋是真的，衣服是假的。大牌嘛，谁都想穿。可如果还没晋升到买什么都能不眨眼的经济地位，那还是得有策略地穿。几个真的几个假的混搭，才最有信服力。"

"这话精辟啊，谁说的？"

路小环咯咯笑："你啊。"

"看来我还是这么睿智啊。"何蔓摇了摇啤酒罐，听着液体在罐子里摇来荡去的声音。

"你还是会怪我吧，"何蔓说，"毕竟你那么喜欢Randy。"

"我也就是那么一说。我们要是真的情比金坚，怎么可能你一闹就分手。在这件事情发生之前，就已经貌合神离了，他这种男人最需要新鲜感，否则也不会谈了好几年恋爱都不提结婚的事。Randy一直觉得，他最好的年纪里只有我一个女人，人生路径过早地被确定，错失了很多可能性，是我耽误他了。"

"神经病啊，"何蔓一听就火了，"我早就觉得这男的有点儿自恋，没想到这么过分。他是不是还想朝你要青春损失费啊！"

小环笑了，倒没太难过的样子："是你成全了Randy，他一直想分手，但一直希望分手是因为我这边的问题造成的，这样他才没责任。你说我和谢宇有一腿，我说没有，他居然信你不信我。你说，这段感情还有什么意思。"

何蔓叹气，盯着树影发呆。

"小环，那你说，我和谢宇之间，还有意思吗？"

"想在一起就有意思，不想在一起就没意思。爱情哪儿那么复杂，说穿了就这么两句话。你爱他吗？"

何蔓点头。

"他还爱你吗？"

"不知道。"

"问他啊。"

"不敢。"

"去问他。一晃半辈子都过去了，你看看你，眼睛一闭一睁，哇塞，五年就没了耶！说不定再一眨眼就要进棺材了，还想拖到什么时候再问啊？"

"你会不会说话！"何蔓用胳膊肘儿捣了小环一下，"我只是觉得他很讨厌我，但是不知道为什么，也许是因为你跟我说的这些吧，我无理取闹，你们都离开我了。”

“没有啊，你把我气跑了之后，你们还继续在一起小半年时间呢。后来是你自己非要离婚，又不是谢宇提出来的。”

“真的？”何蔓讶异，“那这半年，我们俩怎么了？”

“我哪儿知道！我恨不得这辈子都不要再看见你了。”

何蔓沉默了。

这时，小环像想起什么似的，疑惑地问道：“你又去看卢医生了吗？”

“卢医生？”

“你的心理医生啊！他还是我介绍给你去看的呢，大概一年前开始的吧，你每一两个星期都会去一次。我记得你脱发、失眠、满脸爆痘，脾气也特别暴躁，去他那边看过一段时间后倒是有好转。反正直到我们俩闹翻，你还一直坚持看心理医生。”

何蔓发现自己一点儿印象都没有，而且她家里也没有任何自己看过心理医生的痕迹。

小环懒洋洋地把手搭在何蔓的肩膀上：“我觉得哦，他可能会知道你跟谢宇后来发生的事，因为你会对心理医生讲很多话，说不定诊所都有记录，你可以去问问。”小环顿了顿，又补充道：“不，他肯定知道点儿什么。”

“为什么这么肯定？”何蔓有点儿不解。

小环哈哈干笑了两声：“直觉吧。”

她结束了这个话题，把半空的罐子与何蔓的啤酒罐碰了一下：“最后一点儿酒，我们喝完吧。”

　　"小环，谢谢你愿意原谅我。"

　　"不是什么原谅不原谅，"小环摇头，"都过去那么久的事情了，我再生气、你再愧疚都改变不了什么。只不过就是今天看见你的时候，我发现自己还是很想跟你做朋友，一直做朋友。"

　　小环看着何蔓的眼睛："所以，过去的就让它过去吧。"

第十一章／赏味期限

你有没有过灰心的感觉？像是能看到自己一颗心迅速地衰败下来，像是天不明不白地暗了下来。铺天盖地的心灰，这时候，其实人是不会哭的。

♡

1.

宿醉醒来的第二天，往往令人感到格外沮丧和空虚。

酒精就是高利贷。它所能带给人的勇气与快乐，都会在第二天的胃痛头晕和消极厌世中被加倍讨要回去。

何蔓忘记拉窗帘，上午被炽烈的阳光晒醒。她在床上翻来覆去地折腾了近一个小时才鼓起勇气坐起来，没想到，这个简单的动作就让她差点儿吐了。

经过了一整天的心慌气短和食欲不振，傍晚的时候，夕阳余晖洒进卧室里，她终于有了一点儿活过来的感觉。中间手机收到过七条短信，一条是路小环上飞机前发给她的，要她保重身体，约定她出差回来之后再聚；一条是何琪发来问她现在到底住在哪个房子里面，做了些桂花酿想给她送过来；还有五条都是垃圾广告和诈骗短信，那个喜欢发标点符号的骗子也在其中。

何蔓觉得很沮丧。谢宇就像完全不在意她的死活一样，对于这个生活在现代社会的原始人，他丝毫没有挂心。

她揉了揉头发，终于决定起床。

何蔓去了趟超市，买了鸡蛋牛奶等东西充实冰箱，想了想，又买了几个做慕斯的小宽口玻璃瓶。

她以前只会做些家常菜，是和谢宇在一起之后才开始苦练厨艺的。谢宇喜欢吃甜食，她就学会了烤面包、烘焙曲奇、自制蛋糕。何蔓的酒后症状依旧明显，心跳如打鼓，她觉得做点儿吃的也许能缓解一下。

果然是老了。二十多岁的时候通宵打牌唱K，宿醉之后第二天照样精神抖擞满血复活，哪儿像现在这样狼狈。

何蔓唉声叹气地挽起袖子，面对一堆食材的时候忽然恍惚了。

应该怎么做来着？

也许是太久没做手艺生疏了，何蔓费劲儿地想了许久，终于还是认了命，难道老了老了，连记忆也衰退得这么明显吗？她只好掏出手机，上网搜索慕斯的做法。

鸡蛋分开蛋清蛋黄，把蛋清和新鲜奶油、炼乳一齐放在不锈钢盆子里，加糖、草莓丁，然后用打蛋器打匀。

何蔓脑子中还是有些模糊印象的，于是放下手机开始打鸡蛋。机械性的劳动容易令人发呆，她手下忙着，思绪却悠悠地飘走了。昨晚小环和自己说的每句话明明都很清晰，可因为喝了酒又睡了一夜，现在和自己的梦境全都搅在了一起，变得混乱难懂。

鸡蛋慕斯也记不住，昨晚说了什么也记不住，为什么醒过来的时候偏偏只记得最快乐的蜜月，怎么不干脆丢掉十年的记忆，连谢宇也忘干净算了。

何蔓的情绪变得很坏。

直到觉得右胳膊酸痛，她才放下打蛋器。她小心地把打好的浆倒进容器里，放到冰箱冷冻。

冻多久来着？何蔓皱着眉头，不耐烦地掏出手机重新搜索。

大概要两个小时。

何蔓决定用这两个小时的时间去找谢宇，说清楚。

昨晚有一句话她记得很清楚。她这么一觉睡过去五年不见了，下一次，不知道是不是连命都没了，有什么不敢说的。

2.

她早就把钥匙还给了谢宇，也不敢发短信告诉他自己在门口等，怕他正在忙，收到自己的短信又不得不赶回家，到最后会因此而嫌她烦人。

何蔓蓦然发现自己真的退到了一个生怕自己给他添麻烦的陌生人的位置。从她在医院里睁开眼睛到现在，也不过就一个多月时间，她适应了这个新世界，适应了自己的新身份，也接受了另一个何蔓造的孽。

两个小时过去了，晚上九点，她依然没有等到谢宇。

再不回去慕斯就要冻坏了。何蔓告诉自己再等五分钟。

五分钟后没有人，又过了五分钟还是没有人。

今天就算了吧。何蔓抬腿慢慢走出小区，叫了辆出租车回家，把慕斯从冰箱里拿出来，自己一个人吃掉了三杯，格外想吐。

友情失而复得让她很开心，可路小环转眼就远走异国他乡，她现在更觉得心里发空。还有十天就到月底了，之前两个人关系融洽的时候，谢宇还一直鼓励她多上公司邮箱熟悉一下工作内容，给她下载了公司年会的视频让她熟悉一下同事，还帮她整理了这几年发生的大事件和主要项目的memo（备忘录），可她一页都没有看。

何蔓觉得害怕，也觉得没意义。她提不起生活的热情。她曾经也是从一无所有开始奋斗的，小环说何蔓毕业后混得比她好，这的确是真的。路小环家境小康，虽说不能支持她肆意挥霍，但殷实地过一辈子绝对毫无问题。而何蔓一直憋着一股劲儿，工作努力，不放过任何机会，在爱情上也一样用心经营，这才有了后来的一切。

但是现在她重新变得一无所有了，而且是从巅峰直接被命运一脚踹下来的，连个自作孽不可活的心理过程都没有。

她现在应该做什么呢？重新做一个离婚后的女强人，然后孤独终老？还是赶紧放下迷雾般的过去，立刻出门找新欢？

何蔓忽然想起昨晚小环好像跟她说了个什么心理医生，但是当时已经有点儿晕乎乎的了，没记住医生叫什么。她想打个电话问问小环，对方却关机了。

何蔓还是发短信给了谢宇："有空吗？想问你件事。小环跟我说，之前我一直在看心理医生，可她出国了，我现在联系不上。你知道这个诊所的电话和地址吗？"

问问这个又不过分，她想。

何蔓觉得谢宇不一定会理他，放下手机就去洗澡了。回来的时候却看到了三个未接来电，都是谢宇的。

她连忙拨回去，对方很快就接起来："怎么不接电话？"

何蔓解释道："我刚才去洗澡了，不好意思没听见。怎么了？"

"没什么……就是奇怪你为什么又要去看心理医生了。你现在不是挺好的吗？"

我不好。可是何蔓没说。

"就是觉得……可能会比较有助于回忆。小环说，我后期经常和医生谈心，我不想因为找回忆这种事情总是打搅你，不如自己去查查看，也许能想起点儿什么。"

"我觉得没必要。以前我就说过这都是骗钱的，你现在活蹦乱跳的，没事儿看什么大夫，没病也折腾出病来了。"

谢宇的语气不大好。何蔓不由得担心自己是不是又冒犯到了他什么。

"也不是真的要去看病……就是想看看我以前的病例，我听说还有录音呢。我这不是也想自食其力，赶紧康复嘛。"

"想不起来就不用想了，你这样也挺好的，为什么非要钻牛角尖？"

何蔓刚刚已经忍耐很久了，谢宇的语气终于让她"腾"地一下火冒三丈，刚刚在门口苦等的委屈和这几天来被冷落的伤心，一股脑儿涌上头。

"不是想知道为什么跟你分手吗？否则我这样巴巴地找什么回忆，你以为我吃饱了撑的？你又不告诉我，你为什么一天到晚看我像看杀父仇人似的，明示暗示你都不告诉我。是，我拆散了你和你女朋友，我不对，我退出，千错万错都是我的错，你们可以复合呀。我再也不吵你们了，我自己找回记忆，然后重新回公司当我的刻薄女白领还不行吗？你用得着这么对我冷嘲热讽的吗？"

何蔓的胸口剧烈起伏，电话那边谢宇一直没有出声。

两人在电话两端无语了半分钟，何蔓没耐心了，沮丧地开口道："算了我不闹了，我再问问。打扰你了，对不起。"

"蔓。"

何蔓的手指都快碰到"挂断"键了，听筒那边隐约传来谢宇的呼唤。她连忙重新拿起手机贴在耳边。

"你想知道，那我都告诉你。"谢宇轻声说。

3.

谢宇讲的一切，与路小环并没有太大出入。何蔓安静地听着这个男人沉静缓慢的声音，不由自主地想象他说这些话时的表情。

那应该是一个何蔓从没见过的谢宇。

"是我没能让你信任我。是我妒忌你。本来作为一个男人在家庭中就应该承担更多，我一样都没做到。没做到就算了，我连补救的勇气都没有，只知道逃避到酒精里面去，故意和女生表现得不清不楚来气你，只是想证明自己还有魅力、还有尊严罢了。我用这种方式来显示自己不比你差，本来是希望你能更在意我的，没想到，最后还是走到了这一步。"

"那你和那些女生……"

"没什么。都离婚了，我也没必要说谎话骗你。真的没什么。都是故意的。"

何蔓不知道应该继续问什么。

可能真的就是这样。也没什么特别原因，只是日积月累解不开的矛盾、理不清的争执，到了某一个点爆发，谁都没先出手阻拦，就这样结束了。

她张张口，依然发不出任何声音，想说的话好像很多，又好像无话可说。

这么长时间以来的疑惑和追寻，都像一拳打在棉花上。

"我，我去找你。"她哑声说。

"这么晚了，算了吧。"

何蔓愣了："怎么，你不方便？"

"何蔓，你再这样就没意思了。"

他说没意思了。

"我不让你去找什么心理医生，只是不忍心再看你继续找什么离婚真相，白费工夫。之前不想说是觉得没什么好说的，也说不清楚。日子还是要往下过，你与其纠结这些过去，不如往前看。好好生活。"

"我不管过去了，那以后呢？"她急急地问道。

以后能重新来过吗？既然彼此都有错，那你知道自己错在哪儿了，而我失忆了，也不再是那个讨厌鬼了，我们还会不会有以后？

"什么以后？"谢宇的声音格外冷漠。

何蔓笑了："没什么。谢谢你，我知道了。"

夜雨敲打窗沿儿。何蔓一夜无眠，也没有哭。

她忽然对谢宇这个男人失望透顶。

自己心心念念的爱情，只不过是没有调整过来的时差。所有人都变了，小环也好，何琪也好，何况是谢宇。他们刚刚离婚，他就有了娇俏可爱的女朋友，面对自己一次又一次的示好和道歉，他表面温柔周到，实际上早就狠狠地推开了她。

再温柔的拒绝，成分里总归有嘲笑。

明明是两个人的错，浑蛋得不分伯仲，他把疼痛的后果全推给她一个人。

其实他早就不爱她了。

这个事实让何蔓疼得心口翻滚，却一滴眼泪也落不下来。

你有没有过灰心的感觉？像是能看到自己一颗心迅速地衰败下来，像是天不明不白地暗了下来。

铺天盖地的心灰，这时候，其实人是不会哭的。

4.

月初的时候，何蔓回到了公司。

她用最后十天把所有的备忘录都看了一遍，过往的项目匆匆浏览，现在还在做的案子则看得很细。虽然五年过去了，广告界和公关界做事情的策略、媒介传播的载体都有了翻天覆地的变化。何蔓这个一个多月前才算开始领略"新媒体"神奇力量的落伍者，自然对很多东西消化得非常吃力，但好在最基本的那些概念都没有变化。五年前，她就是一个拼命三郎，基本功扎实，头脑灵活，在"品牌再生领域"，是公司业务水平数一数二的精英，这些基础都保证了她不会输得太惨。

何况还有网络。所有不懂的东西她都可以查到。

遗憾的是，重新做回拼命三郎，她发现自己的记忆力退步得厉害。以前看一遍就能记清楚的客户资料，现在时常要返回去重看，就像做慕斯蛋糕的时候，要一遍遍地看步骤说明。

果然是老了。

彻底意识到自己失去谢宇之后，何蔓内心冷漠得惊人。她依然对超市收银员微笑、对送网购货品的快递员微笑、对餐厅服务生微笑，但是朦朦胧胧中总觉得一切都只是程序，和自己没什么太大关系。

这种冷漠也让她失眠。何蔓并没有觉得太焦虑，省下来的睡眠时间刚好可以用来补习工作，放手一搏。

最让何蔓欣慰的莫过于，五年后，他们的老板还是同一个人，用不着担心认错人。至于手下的兵，不认识了也没什么太大关系，让他们自己进来自报一遍家门就好了，反正下属也不敢当面质问她为什么做这种奇怪的事情。

比如现在。

何蔓坐在老板椅上，隔着宽大的工作台看向沙发上坐着的一排六个手下。她朝他们微笑问好，有一个姑娘明显被吓到了。

也不知道以前的何总监到底有多吓人，导致对面的几位小朋友都以为自己脸上这种罕见的笑容是要炒他们鱿鱼的信号，个个吓得哆嗦。

"你们，重新做个自我介绍吧，也讲一讲现在自己负责的是哪部分工作，跟的哪个项目，感觉如何，是否有重新调整工作内容和职能的意愿。随便说说。"

众人的表情像是活见鬼了。

何蔓早有准备，温和地一笑，轻声却不容置疑地说道："是这样，出了车祸之后，我也对人生思考了很多，不过你们肯定也没兴趣听我说这些人生感悟。客观上，我的确有了一段空闲时间全面地审视我们创意部。未来工作量会很多，我不希望大家带着负担上路。机会难得，今天不管说什么，我保证都不会影响到你们的饭碗。谁先说？"

她早就打定主意不要伪装以前的何蔓。

一切都是新的，谢宇说了，要向前看，不是吗。

何蔓听着手下的陈述，看着窗外，黯然一笑。

"安柔这个牌子，听上去像卫生巾，实际上是bra（女士文胸）。客户那边虽然说自己只是本本分分生产bra，以质量取胜，从来不去考虑什么细分市场和目标消费群体，但在我看来，即使他们自己没有意识到，其实产品已经帮他们划定了一个消费者圈子，那就是中年妇女。"

何蔓按了一下手中的遥控器，PPT翻到了下一页，会议室里面的各部门领导聚精会神地看着投影幕布，一脸兴致盎然。

除了谢宇。他谁都不看，包括何蔓。

"安柔的品牌名称本来就比较老套，比较容易吸引40岁以上的已婚家庭主妇，我们部门同事经过市场调研后做出的历年销售情况分析报告也证明了这一点。而安柔生产的产品款式，以我这种跟年轻还勉强搭得上边的女性看来，"何蔓说到这里，会议室众人对她的自嘲回以笑声，"这些款式，真的是够老土。也许欧美市场的主妇们还会注重bra的款式，但是亚洲市场的文化背景所致，真正对bra感兴趣的、购买力强的、更新频率也更高的，其实是年轻女性。她们知道内衣要成套购买，bra和内裤的颜色要搭配好，这样才能取悦伴侣。"

何蔓继续讲着，报告渐入佳境。昏暗的会议室里只有站在幕布前的她神采奕奕，像是车祸从没发生过，她什么都没有忘记过，更没有从这个战场上离开过。

谢宇这时抬起头，远在会议室另一端的他抬起头，微微笑了。

报告结束，大老板意犹未尽地问道："所以如果安柔要改名字，应该改成什么？"

何蔓原本张口就要回答，想了想却改口道："今天只是提供一个切入点供大家讨论，希望能得到更多的意见。找到了问题所在之后，才能有比较全面的解决方案。新的品牌名称只是这个方案的一部分，我部门的成员已经有了很多比较好的想法，现在也想听听在座各位的意见。"

何蔓微笑着说完，在场的人已经有一半变了脸色。

听取别人意见？这个何蔓住院的时候吃错药了吧？她一直都以"广告界未来的乔布斯"自居，倒不是为了坚信自己能造出苹果——她学习乔布斯的不仅是创新，更是独断。在何蔓以往的报告里，没有部门同事、没有别人的意见，她的一定对，一定有道理，谁敢有异议，就来争到底。

大家面面相觑，脸上惊疑不定。

这时，一直沉默的谢宇开口了："你知不知道，安柔这个牌子其实是人家公司总裁亲妹妹的名字？"

"所以呢？"何蔓示意他继续说。

"他会选这个名字创立品牌，本身就说明有特殊的意义在。你一上来就要把人家用了七八年的品牌名改掉，客户恐怕不会高兴的。"

何蔓的笑容像是凝固在脸上一样稳定："客户恐怕不会高兴，这恐怕也是你的臆测。品牌名有特殊意义，这恐怕也是你的臆测。也许当年只是他创业最初想不到什么女性化的品牌名，所以随手就用了妹妹的名字，还能让妹妹开心，就这么简单而已，即使改掉了对方老板也未必会多么伤心。客户愿意让我们公司来做这个生意，并未事先提出不可以更改主品牌名称，从为客户着想的角度，我觉得我们也没必要作茧自缚。"

"而且，"何蔓越说笑容越灿烂，"就算客户不希望更改安柔这个名字，他也照样可以采纳我们的建议，创立主品牌旗下的副线品牌，主攻青年女性市场，款式更新换代，重新选择广告投放渠道，这也完全没有问题。总之，我们创意部会竭尽全力提供尽善尽美的报告，能不能跟客户讲清楚，恐怕就是你的工作了。对吗，谢总监？"

果然。

又掐起来了。

在场所有人，包括大老板在内，此刻都十分确信，这个何蔓没什么变化，医院的药品质量还是稳定的。

谢宇笑笑，不置一词。

5.

日子就这样平淡地过了一个月。也许是突然回到工作岗位，她有些难以适应这样的工作强度，有时候会眩晕，爱忘事，但是好在没有出什么大纰漏。她成功地做回了创意部总监，有了在这个世界安身立命的资本。

但再也没和谢宇说过一句话。何蔓回想起自己失忆以来对他的追求，总觉得难堪，又觉得不平。看到谢宇，自己心口还是隐隐作痛，不如不见。

中秋的时候，公司组织大家一起去K歌。除了几个麦霸执着于唱歌这件事，其他人通通喝得东倒西歪。

何蔓没有。她酒量差，但只跟亲近的人在一起才会喝醉。与同事、客户、普通熟人在一起，也许会喝到吐，但始终不会醉。

以前谢宇对她这一点十分好奇，久了也明白，何蔓对外人始终保持着一种戒备心，自然没法儿将自己放松地交给酒精。

包房里战况一片混乱的时候，何蔓推开门，把自己从乌烟瘴气中解放出来，随便找了一个黑暗的空包房走进去，坐在沙发上发呆。

门没有关，走廊的橙色灯光斜斜地照进来，她能看到形形色色的男女在门外穿梭而过，大多走路七扭八歪。有个喝醉了的姑娘走到她门口忽然没站稳，颤巍巍地跪到了地上，被身后的一个男人很快地扶起来，搀着向前走。姑娘却非要挣脱他，哭着喊，你凭什么管我，你不是不要我了吗，你去跟她男女对唱啊，你滚开，你别管我……

男人低声哄着，扶着她走远。

他们也是一对情侣吧，何蔓猜测。

可能只是普通的别扭，姑娘醉后矫情，误会了男人和别的女生的关系，吵吵闹闹一通，酒醒了就好了。

也可能男人真的是劈腿了，脚踩的两条船冤家路窄，出现在同一个包房里角力，最后船翻落水。男人上岸前总要把住其中的某一艘，温言软语地哄回来。

还有可能他们是一个公司的同事，HR命令禁止办公室恋情，所以他们只能转入地下，各自乔装单身，男人被女同事觊觎，姑娘只能在一边装作毫不介意地看着，咬碎银牙和血吞。

何蔓痴痴地看着外面，胡思乱想。

灯红酒绿，饮食男女。这世界上有那么多爱情，那么多不同的可能，其实说穿了，概括起来也就那么点儿事。

每对情侣都觉得自己的感情最特别，最难舍难分，最复杂也最珍贵。

她和谢宇何尝不是。或者只有她自己这样想。

不过就是一段感情。时间拖得久了点儿，再久也有保质期。生鱼片的保质期只有一天，高温消毒的利乐砖牛奶可以保质一年，化妆品保质五年，桥梁保质一百年……

他们的感情，只是过了保质期。

一开始最新鲜，然后慢慢变味，却舍不得扔。总算扔了，又被没记性的她捡了回来，尝了一口，终于无可奈何地放下了。

日文里保质期叫作"赏味期限"，还是谢宇告诉她的。她一直觉得这四个字很妙。不是说"唯有爱与美食不可辜负"吗，味道和爱都一样，的确是用来细细欣赏的。

可过了期限，又能怎么样。

眼前的灯光被一个身影挡住，恍惚中应该是谢宇出现在门口。

何蔓起身，推开挡在门口的他，大步离开。

身后没有人追上来。

第十二章 ／ 对不起

何蔓只觉得眼前开始发白，闪亮亮的碎片像是小时候电视机的雪花屏幕，她再也接收不到外界的信号。

可笑，她竟然一直以为自己是受伤害的那一个，纯洁无瑕。

♡

1.

　　"何小姐，卢医生有事耽搁了，他说你可以先听听桌上的这些录音带，他正赶过来。"

　　私人心理诊所的护士小姐都比公立医院的要温柔许多，也许是工作量不同的缘故。曾经那个被工作压力压垮的何蔓不也总是对周围人恶声恶气吗?

　　她到底还是找到了这家诊所。车祸出院后已经过去三个月了，何蔓并非想追寻什么离婚的真相。知道与不知道都不重要，谢宇不会回到她身边了。

　　只是这段日子以来，铺天盖地的孤独感让她很难承受。

　　何蔓倒也不再记恨那个夺走了自己的青春、朋友和爱人的"何蔓"，对方也只是个可怜虫罢了。在她什么都不再拥有的现在，如果有个机会能和曾经的自己聊一聊，也不是一件坏事。

只是想要找一个知情者，聊一聊。反正她周末都没什么事做。

何蔓没有再联络过谢宇，她不希望谢宇觉得自己是借着找心理诊所的名义纠缠他。她也有尊严。但她还是给小环发了一封邮件，没想到，对方很快就回复了。心理医生叫卢之行，小环给出了他的办公电话、手机号码和地址。何蔓打了诊所的办公电话，与前台的护士预约了今天的这次会面，在等待卢医生回到诊所的时间里，护士把她引入卢医生的办公室，在他的电脑上调出了整整一个文件夹的音频资料，是何蔓每次来做心理咨询的录音记录。

何蔓朝护士道谢，护士便离开房间并带上了房门。

屏幕上的每份文件都标明了录制的时间。何蔓戴上耳机，随手点开一个图标。

耳边传来的女人声音十分怪异，熟悉又陌生，焦躁不安，语速很快。

"他无论去哪里都会带着手机，每次电话响他就躲进洗手间，今天他洗完澡后，把手机留在洗手间。我拿起他的手机看，看到有一个叫Cookie的人传了一条很暧昧的短信给他。那一刻，我突然觉得自己喘不过气了，你明白吗，耳朵里听得到心跳声，我觉得自己快要死了。"

卢医生的声音听上去温和而充满磁性："那短信写些什么？"

何蔓："那个叫Cookie的人，问他何时能再见面。"

卢医生："这其实很平常，并不代表他在外面有人。有时候人的情绪和心态会左右自己看问题的角度，你心里不信任他，所以觉得这条信息有问题。我是个旁观者，我就觉得这很正常，也许只是商务伙伴。"

何蔓："一定有问题，我心里感觉得到！你不是女人，否则你就能明白，不用什么证据，两个人之间有问题，是感觉得到的，一个眼神都能察觉出不对劲儿。你不懂，你真的不懂。"

录音带中，何蔓的声音从高昂变得低沉，像下坠的云霄飞车，情绪一下落到谷底。

这是自己吗？电脑前的何蔓有点儿听不下去了。

音频里的何蔓继续说道："他现在回家越来越晚，我每天都想跟他说'有种滚出去再也不用回来了'，但是又怕他真的就这么走了。我不怕他走，真的，一点儿都不怕。我现在没那么爱他了，真的。我就是觉得凭什么错的是他，不过就是因为没被我抓到而已，我凭什么成全他，凭什么？"

音频里的何蔓已经神经质地啜泣起来。何蔓入神地听着录音带中自己情绪崩溃的声音，没察觉此刻有人进了房间。

忽然一双手从背后轻轻地搂住了她。

何蔓惊得站起身，一转身挣脱了出来。

2.

眼前站着的男人穿着白衬衫，臂弯的西装外套还没来得及挂起来。

何蔓惊讶地看了他一会儿，大脑才开始运转起来。

他应该就是卢医生。何蔓虽然心里不舒服，但还是微微抿着嘴挤出一个笑容，朝他点头问好。

"卢医生，我是何蔓。"

卢之行笑了，像是为了让何蔓安心一样，主动退后一步，转身去挂衣服。

"我还奇怪怎么给你发短信你都不回复，原来是听录音入了迷。"他语气轻快，似乎心情不错。

何蔓闻言从桌上拿起手机解锁，果然看到一条新信息。她之前并没有把小环邮件中列出的卢之行手机号存进去，此刻有些尴尬，连忙点开收件箱。

然后就愣在了原地。

那串手机号下面最新的一条信息是："我堵在路上，很快就回来，别急。"

但是上面三条信息，却是一个月前的标点符号。问号，句号，省略号。

竟然不是骗子发的吸费短信。可是为什么？

卢医生此时挂好了衣服，解开衬衫的一颗扣子透气，笑着问她："你消失了半年多，怎么现在终于想起来要找我了？"

这就是录音里男人的声音，何蔓转头再次认真地打量着这个男人：三四十岁，中等身材，不是很英俊，理着平头，气质温和从容，看起来是个相当温柔体贴的男人。

可惜何蔓一丁点儿印象也没有，也没法儿配合他表现出熟稔的态度。

卢医生看何蔓没回答，就换了问题："听说你离婚了？"

他的口气非常温柔，何蔓告诉自己，心理医生都是这样的，要是像教导主任一样凶，谁还敢跟他们讲实话。

何蔓深吸一口气，没有回答他提出的两个问题，而是道明了自己的来意。

"情况就是这样，"看着眼前男人愈加暗淡的神色，何蔓忍住疑惑把后面的话说完，"您是心理医生，短暂性失忆这种事情您可能比我了解。反正我现在就是这样的情况，虽然已经适应了现在的生活，可还是对过去有些好奇。所以……所以想过来和您聊聊，顺便也听一听自己每次来做咨询时的录音。"

"您？"他笑了，"如果你不是装的，那看样子，你真的是不记得我了。"

何蔓摇头，坚定地说："连一丁点儿印象都没有。今天是初次见面的感觉。"

她也不知道自己为什么措辞这样生硬。

卢之行低头沉吟，气氛变得有些诡异。何蔓没有打断这个男人的思考，静静地站在一边。

很久之后，他终于微微笑了，神色也自在了许多，走到自己的椅子前坐下，示意何蔓坐到沙发上。

"我想了想，你的确没有骗我的必要，更没有半年多后以这种面目出现在我面前的必要。"

何蔓不明白他想说什么，戒备地保持了沉默。

卢之行笑容和善地看着她，诚恳地说："刚刚实在唐突了。我走进来看见你的时候以为是我女朋友，你们背影实在很像，我不由自主就抱了上去，没有任何别的意思，何小姐你别介意。"

何蔓心里好受了些，笑着摇摇头。

"你想问什么？"

"其实我也不知道，"何蔓站起身，"自从知道自己以前常常来这里看医生之后，我就一直打算要过来，当时也的确很迫切。但是过了这段时间，情况变化了，见到您，我忽然觉得没什么想问的了。"

"真的不问了？"

"过去的事情就让它过去吧。反正我现在的生活和精神状态都没什么问题，也没必要追根究底了。"

刚刚听了那段录音，何蔓下定了决心。

关于谢宇和自己的那段相互猜忌的不堪过去，再也不要提起了。录音里面那个憔悴又神经质的自己不断地控诉着一个没有责任感的男人，而那个男人是她深爱的，永远无法想象能做出那样浑蛋的抛弃行为的男人。她可怜那个被伤害的自己，更有些憎恨谢宇的无情。

所以还是算了吧。

何蔓拿起包，正要转身离开，忽然被卢之行叫住了。

"何蔓，如果你只记得五年前的事情，那是不是在你心里，谢宇还是你的丈夫？"

何蔓不置可否，只是回头看着他。

卢之行用恳切的目光直视何蔓："作为一名医生，我对你以前的情况很了解。我还是希望你能够远离谢宇。虽然你现在的样子看上去很健康，但我始终记得你刚被朋友介绍来的样子。这个男人对你进行了太久的精神折磨，你必须离他远一点儿，为你自己的幸福考虑。"

何蔓冷冷地看着他。

"怎么了？"卢之行被盯得有些紧张。

"这是一个医生该说的话吗？"何蔓有些忍不住了，"从进办公室那一刻开始，你的言行就很不专业，从背后抱我，又直接问我离婚的事情，现在连为我的幸福考虑这种话都说得出口。虽然我失忆了，现在没有看过心理医生的经验，但是直觉告诉我，你这样做十分不妥当。"

"还有，"何蔓掏出了手机，"你给我发的这些短信是什么意思？"

卢之行阴沉地看着何蔓，冷冷地笑了。

"你装什么？是急着要回到男人身边去了，现在开始跟我演戏了？"

何蔓只觉得"轰"的一声，脑海中有什么东西炸裂了。她隐约感觉到了，身体开始不由自主地抖起来。嗓子很痛，一句话也讲不出。

"我是不专业，不应该夜里收留病人，更不应该喜欢上她。即使她每天来和我控诉自己的丈夫，也不代表她不会回心转意，是不是？"

卢之行卸下微笑的面具之后，每句话在何蔓耳朵里都轰隆如雷声。

"不过现在你不是我的病人了，我说这些也算不上不专业了。我找了你很久，你都躲着我，听说你半年前就离婚了，是在我这里留宿之后的事情吗？"

何蔓心中有什么东西轰然倒塌。她红着眼睛咬牙看向卢之行，看得对方心惊肉跳，连忙收住了后面的话。

"我……"卢之行阴沉的表情松动了，又回复了平时的温和，"算了，你好像真的不记得了，我以为你是故意来撇清的，所以……当我没说好了。何蔓，对不起。"

"你说下去。"何蔓觉得每个字都无比艰难，"你说下去。"

"你……你一年多以前开始因为婚姻问题来找我，起因就是你们度过了一个很不愉快的结婚纪念日。最开始的几个月，你来到这里只是不停地哭，什么都不说。后来，你慢慢地开始信任我了，学会了在我面前陈述，缓解压力。后来，你和你的朋友也闹翻了，孤立无援，整个人都有了自闭的倾向，同时也变得非常容易依赖别人。这个别人，恰好就是我。可能是……"卢之行说到这里，竟然有些羞涩地挠了挠头，"可能是我远离你的生活圈子，又是你唯一能倾诉的人吧。我们变得愈来愈亲密，你有什么事都会第一时间跟我分享。"

卢之行看向何蔓，神情温柔。何蔓转过头，心中一片冰冷。

"我心里也清楚，我不过就是个备胎。虽然沉溺于其中，但是我自己心里明白。虽然你什么都没表示过，但是我觉得我都体会得到。"

"别说这些废话。"何蔓生硬地打断卢之行。

卢之行笑了："那你想听什么？好吧，新年夜，你老公又不见了。你喝多了酒，哭着给我打电话说你老公关机了，你找不到他。你醉醺醺地来找我，说你不想回家。看到你快要崩溃了，我很担心你会出事，所以就留在办公室里陪你、安慰你。"

何蔓忽然觉得头皮发麻，耳边嗡嗡作响。卢之行的声音像是从遥远的地方传来，又被轰鸣声淹没。

"那天晚上之后，你就再没有来过，我打给你你也不接。听说你很快就离婚了，我以为你会来找我，可你也没有。给你发短信你也不回复，后来我想你了就只发标点符号，反正我觉得我发什么你都不会看。"

停顿了仿佛一世纪那么长的时间，何蔓才缓缓地开口，这才发现她连自己的声音都听不清了："那天晚上……我们……发生什么事了吗？"

卢之行忽然觉得有些不忍心。

"既然……既然你都不记得了，那就由它过去。反正你一直最爱的都是你老公。"

"有，还是没有？"

何蔓忽然发了疯，她听不见自己的说话声，只能失控地大喊。

眼前一片模糊，眼泪刚刚涌出，瞬间冰凉。

"有。而且你老公也知道了。何蔓……我刚刚提起这些只是情绪失控。这不全是你的责任，有我的错，也有你老公的责任。我早就没有别的心思了，只是不忍心看你蒙在鼓里还回去找他，我不希望你再受伤害……"

何蔓只觉得眼前开始发白，闪亮亮的碎片像是小时候电视机的雪花屏幕，她再也接收不到外界的信号。

可笑，她竟然一直以为自己是受伤害的那一个，纯洁无瑕。

恍惚中，这几个月来零零碎碎的记忆片段开始在眼前闪现。

"她这么伤害你你还让她住进来，谢宇你贱不贱？你贱不贱？"

是谁的声音，又在说谁的故事？

是啊，你为什么不告诉我，谢宇你贱不贱。

何蔓泪如雨下。

3.

谢宇将一个空的啤酒罐扔进垃圾桶，又开启了另一个。

又是自己一个人喝酒了。

好像就是一个多月以前，何蔓蹦蹦跳跳地在他身边走着，他们一起喝啤酒，他两罐，她一罐。

谢宇已经进步了很多，他已经学会了控制自己的思维，不让它走得太远，更不允许它带来无用的情绪。

他现在时常在公司看到她。大家都觉得何蔓虽然还是以前那个严谨又拼命的何蔓，但一场车祸还是让她改变了，变得爱开玩笑，变得宽容变通，变得可爱。

记忆真是神奇。这群人里也有资深老员工，他们好像忘记了，很久很久之前，其实何蔓就是这个样子的，真正改变的是后来那个何蔓。

现在她只是回来了而已。

谢宇无数次幻想这种可能性：如果当年自己能真心为她受到赏识而开心，而不是因为自己在夫妻间的领先地位受到威胁而小肚鸡肠；如果当年她朝自己大吼大叫口不择言的时候，自己能多体谅一下她的压力，像平常一样哄哄她，而不是把一切归结于她的自我膨胀……

"如果"这个词没有丁点儿意义。它的存在只是上帝跟人类开的恶意玩笑。

就是要你后悔，就是要你疼。

都会重新开始的。她已经在变好，总有一天会开始新人生的。

第二罐啤酒也见底了。何蔓望着自家的房顶，玄关的灯很久没有亮过了。

这时，他听见了呕吐的声音。

路灯下那个小小的身影。

谢宇快步走过去，扶起一身狼狈的何蔓。

"你喝这么多干什么！大半夜的多危险，自己心里没数吗！"他气得发疯。

何蔓一把推开他："我好脏，你离我远点儿。"

"你到家门口吐不就是来找我的吗？！你让谁离你远点儿？！"谢宇双手抓着自己的头发，在旁边大步来回走着，终于恢复了理智。

"好了好了，赶紧起来，我们回家去，你坚持一下。"

谢宇像拎小动物一样将何蔓提了起来，一把将她抱在怀里，被她的呕吐物蹭了一身。谢宇叹口气，快步朝家门口走去。

怀里的何蔓突然哭出了声。

"我见过那个心理医生了。"

谢宇像被雷击一样，停在了原地。

4.

"你为什么瞒着我？不让我去见他，让我以为离婚是你的错……谢宇，你是不是贱？"

谢宇沉默，心如刀割。

何蔓号啕大哭，双手紧紧搂住他的脖子，身体痛苦地蜷缩起来，颤抖得像是下一秒就要碎掉。

谢宇快步走进家门，把何蔓放在沙发上，转身去拿毛巾和水，回来的时候看到何蔓开始激动地伤害自己，用手拍打自己的脸，扯自己的头发，狠狠地咬着自己的左手，咬到鲜血淋漓。

谢宇大惊，赶紧冲上前去，紧紧抓住何蔓的双手。

"你他妈是不是疯了，何蔓，你要死别在我眼前死，你他妈给我冷静点儿！你是不是觉得你对不起我？是不是？好，你安静下来，就当是我要求你，好吗？"

何蔓慢慢地松了口。

血淋淋的伤口，看得谢宇的心也跟着一起滴血。

"疯婆子！"他恨恨地骂了一句，转身去拿医药箱。

"你真让我瞧不起你，"谢宇一边给何蔓消毒一边瞪她，"什么时候连寻死觅活那一套都学来了？你更年期啊！"

"我觉得自己恶心。"

何蔓慢慢地轻声说，像个六岁的孩子。

谢宇鼻子一酸，扭过头。

"为什么偏偏是我？我宁肯是你伤害我，为什么是我干出这种事？我怎么这么贱，怎么这么恶心，不知廉耻……"

何蔓大声地用最恶毒的语言咒骂着自己，边骂边哭，缩在沙发一角，只有小小的一团，疯狂又可怜。

谢宇一手把号啕大哭的何蔓抱进怀中，紧紧抱住。

"没有，没事。乖，不要这样。"

"你离我远点儿，我不该来找你，你说得对，我要死也得去别处死，我不是来让你可怜的，我只是想说对不起，真的对不起，我对不起你……"何蔓奋力挣脱，拗了半天也没办法脱离谢宇的怀抱，急得她一口咬上了谢宇的肩膀。

用了很大力气，把谢宇当成自己来咬，可他只是抖了一下，之后就像一块坚硬的石头，一言不发，两只胳膊紧紧地禁锢着她，直到她乏力，不得不安静下来。

"你没什么对不起我的，"谢宇轻声说，像是在哄小孩子一样说话，"是我对不起你。我回来的路上还在想，如果当初不是我对你这么不好，你也不会害怕地去找安慰。我只会故意让你吃醋来维持我自己的尊严，根本不是个男人。我不让你去找他，只想尽我最大可能补偿你。之前你已经被我伤害得够深了，既然想不起来了，就永远都不用知道了，我也就能把自己的罪恶都抹平了。蔓，对不起。求婚的时候，我承诺让你永远幸福，我没有做到。"

"可是我回来找你的时候，你那么恨我……"

"不是恨你，"谢宇温声说道，"我只是……我只是不知道怎么面对你。你什么都不知道，可我觉得自己在你面前还是那个一无是处的醉鬼，无处遁形的感觉。你越是一脸无辜，我就越难承受。我更担心再来一次，也许还是给不了你幸福，更怕你有朝一日想起来了，记起我当年有多么懦弱无耻，会再一次离开我。我不敢，老婆我不敢。"

老婆。

何蔓觉得时间静止在了这一刻。

她抬头惊悸地凝视着谢宇，望进了另一双和她一样的泪眼之中。

"你叫我什么？"

"老婆，"谢宇紧紧地抱着她，在她耳边一遍又一遍地喊着，"老婆，老婆，老婆，老婆……"

何蔓终于鼓起勇气，哭着说："你能不能再给我一次机会？"

谢宇的眼泪滴在她肩上。

"嗯，给你机会，也给我自己机会。这次，我们肯定会白头到老。"

"说好了。我们一定会白头到老。"

第十三章 / 我只记得你

是谁说的，幸福是对重复的渴望。

她相信自己现在是幸福的。因为她无比渴望未来的每一天都这样度过，不怕无趣，也不需要别的新鲜感。只要两个人这样待在家里慢慢变老就好。

♡

1.

三个月后。圣诞节。

Danny在这段时间，逢人便总结他的人生经验。

"如果你哥们儿跟你抱怨他的前任，千万只能信一半，再仗义也得记住，多微笑，少说话。我就是因为很傻很天真，顺着哥们儿说那个女人的坏话，添油加醋义愤填膺，为友情两肋插刀，横向比较纵向分析，还帮他介绍新女朋友，结果呢？×他妈的，他们俩复！合！了！"

看着走在他们面前的这对情侣，这就是Danny的内心感受。

他正在腹诽，忽然好像被一滴水砸了一下，脸上湿湿的，伸手一摸……

"鸟屎！去他妈的，老子真是倒霉到家了！"Danny大叫出声，走在前面的谢宇和何蔓两人连忙转身跑回来。

何蔓赶紧手忙脚乱地打开手包翻找起来，应该是要拿纸巾帮他擦。Danny看着何蔓热情的样子，心理平衡了些，没想到，她竟然翻出了部手机。

"你找手机干吗？"Danny毛骨悚然地看着正对准自己的摄像头。

"太难得一见了，"何蔓兴奋地对焦，"我得赶紧拍张照片发微博。"

2.

亲人朋友们都很高兴看到他们两个人的复合，远在日本的小环发来了一封只有"啊啊啊啊啊啊啊啊"和几十个感叹号的邮件；何琪则一脸淡定地表示自己早就猜到了，好像压根儿不记得之前在自己妹妹面前连谢宇这个名字都不敢提的人是谁；Danny则一个劲儿表示自己早就投诚了，在他们尚未复合的那次结婚纪念日上，他就已经很识相地开始叫她嫂子了，是亲朋好友中第一个站对了立场的人，所以看在这个分儿上，他没完没了地给谢宇介绍新女朋友的事情应该就此算了……

只有公司的同事不太适应。

不止一名员工表示，以前每天开会的时候感觉像欧美动作大片一样刺激，两人剑拔弩张的场面比高速路追车和限时拆弹还紧张，现在呢，腻得像国产爱情片，没劲儿没劲儿。

吵不起来还有什么好看的。

风暴中心的当事者并没觉得哪里值得大家这么夸张。

"复合的感觉？"面对Danny的问题，谢宇认真地想了想，"大概就像是从来没分开过一样吧，没有什么特别的感觉啊。如果说有的话……"他朝Danny灿烂一笑，"特别开心。"

我就说，情侣都应该手拉手去死。Danny暗地里咬了咬牙。

为了庆祝重新在一起，谢宇跟何蔓决定举办一场圣诞Party，邀请大家一起来庆祝一下。

谢宇一周前就已经把一棵小雪松搬进了客厅靠窗的角落，何蔓在树上缠满了银色缎带，枝头也挂上了可爱的吊饰。

何蔓满意地看了看自己精心布置的圣诞树，突然觉得自己好像忘了点儿什么。刚才进客厅好像不是为了看圣诞树的，那她进来是要拿什么的？

"又怎么了？你最近怎么这么容易忘事啊？"谢宇刮了刮何蔓的鼻头。

"火鸡！"

何蔓想起自己还没帮火鸡上蜜糖，赶紧又冲入厨房。

她戴着隔热手套，将火鸡从烤炉中取出来，这才想起来自己刚才进客厅是为了拿蜜糖的，怎么空着手又跑回来了？

何蔓拍着脑袋懊恼地折返了一趟，总算是在火鸡表皮上喷上了一层均匀的蜜色，转过头去一边检查清单，看看还有什么东西忘了准备。

"蛋糕！蛋糕！"何蔓冒出一头冷汗。客人都快进门了，她现在出门去取蛋糕来回至少要一个半小时。

"又，怎，么，了？"谢宇看着她慌张的样子，大感头痛。

"蛋糕。"何蔓已经带着哭腔了。

谢宇无奈地捂上了自己的眼睛："在冰箱里。一个小时前你让我带回来的，你自己放到冷藏室的。"

"哦，哦，"何蔓不好意思地拍了拍脑袋，"第一次准备这种聚会，忙昏头了嘛！"

谢宇哭笑不得，走到何蔓身后，温柔地搂住何蔓，把下巴抵在她的头顶上。

"老婆，自家人聚会而已，不用太紧张。"

"你当我心理素质有多差啊！就是越怕忘事越容易乱嘛！"

何蔓说着就看见了自己在橱柜门玻璃上的倒影，披头散发，连妆都还没化，赶紧推开谢宇的手。

"我还没化妆！赶紧，赶紧让开，你把火鸡放到烤箱里面去，等我整理一下！"

"还说不紧张。"看着匆忙跑上楼的何蔓，谢宇皱眉叹了口气。

他想要拿一罐可乐，转身打开冰箱的冷藏室——里面赫然摆着三只蛋糕盒子。

"……她这是慌成什么样了？又不是见婆婆。"谢宇嘴角抽搐，嘟哝了几句，关上了冰箱。

3.

Party进行得很顺利，除了Danny和小环等几个好朋友之外，何蔓的姐姐何琪也来了，还带了她的丈夫跟可爱的女儿，刚上一年级的美琪。一顿饭吃得宾主尽欢。

Danny第一次见到何琪的女儿，喜欢得不得了，席间不断逗美琪说话，小环则在一旁紧张地护着。

"美琪，你觉得大哥哥长得帅不帅？"Danny笑出一脸花。

"美琪乖，应该叫大叔，他逗你呢。"

Danny白了小环一眼，丝毫没受影响，继续问她："美琪，期末考试考完了吗？"

"没有，"美琪嘟起嘴，"下个月。"

"有没有好好复习呀？"

美琪用力点头，玉雪可爱，何蔓在一边看得心都要化了。

谢宇凑近她耳边，轻声说："羡慕什么，以后你也会有的。"

何蔓红着脸瞥他一眼。

"那叔叔考你一道算术题好不好？有没有信心？"

美琪继续点头。

"有点儿难哦，听好。美琪今年六岁，对不对？哥哥现在比你大二十五岁，那五十年后，哥哥比你大几岁？"

陷阱，欺负小孩儿。小环用手肘狠狠地捣了Danny一下。

美琪开始扳手指认真算，样子可爱极了。何琪和老公相视一笑，脸上也写满了骄傲。

"五十年后，我五十六岁，叔叔，叔叔……"美琪算了半天，忽然十分认真地瞪大眼睛看着Danny，说，"叔叔可能已经死了。"

全场大笑，Danny掩面而泣。

4.

吃完饭之后，Danny故作神秘地把所有人都引到客厅。

"各位，今天的重头节目要来了。"

何蔓皱眉："搞什么啊神神秘秘的，你可不许做些奇怪的事情，这里有小孩儿，还有别把我家弄乱了，我好不容易收拾得这么干净。"

Danny完全不理会他，忽然从夹克的口袋里掏出一张DVD高举在半空中：

"各位，你们还记得六年前谢宇跟嫂子求婚的经典片段吗？"

话音未落，众人立即欢呼起来。何蔓赶紧站起来，想抢回Danny手中的DVD。

何蔓大叫："不要！你给我！别放了！傻死了！"

何琪的老公从没看过这盘DVD，看到何蔓和Danny的争抢，在一旁疑惑地发问："求个婚而已，有什么好尴尬的？"

众人一听姐夫的疑惑，立刻爆笑起来，现场又是一片欢腾："放片！放片！"

"下面，就是见证奇迹的时刻！"Danny说着，立即把影碟放进影碟机，影片开始播放。

六年前。

镜头前，谢宇一人站在公园的凉亭前，小环和几名好朋友手上各自大包小裹地提着东西，围在谢宇身旁，而他正在做最后的筹备工作。

"花和气球有吗？"

小环举起手上的袋子回应："就位！"

谢宇："音乐呢？"

一个朋友笑道："在你自己手机里啊，不是说了吗？到时候我们要先藏在远处，放了音乐效果也不会好。你设成来电铃声了，到时候一个手势，我就立刻给你打电话，就当是自动播放啦！"

"哦，哦，"谢宇不好意思地笑笑，把手机拿出来，试播放了一下，这才暂时安心。

"那那那，摄像呢？"

画面外传来Danny的声音："你他妈瞎啊！你刚才是对着谁说话呢？看不到我一直都在拍！"

对着镜头，谢宇对Danny比了个中指。画面中众人和此时客厅里的大家一起哄笑出声。

"那好！阿蔓十分钟后就会来，现在大家换好衣服就各自躲起来，千万不能让她发现你们，都排练好几次了，不用我多说了吧？"

众人集体大喊："加油！拿下她！"

谢宇刚刚对着镜头绽放了半个笑容，忽然伸出手摸了摸口袋，脸刷地一下就白了。

谢宇："我靠，我把戒指落在茶几上了！"

Danny的声音再次出现在画面外："谢宇，你怎么不去死啊！"

"我我我现在回家拿！你们在这边等我！"

谢宇一边对镜头比画，一边着急地冲出画面，同时画面外传来Danny气急败坏的声音："你不用回来了，干脆一会儿我娶了她算了！"

客厅里众人已经笑成一片。何蔓依偎在谢宇怀里，笑得眼睛眯起来，都看不清眼前的画面了。

屏幕瞬间变黑，再亮起时，何蔓已经出现在公园的凉亭前，一脸等得不耐烦的表情。

Danny的声音再次贱贱地响起："这是本台记者从现场发来的报道。今天下午两点，烈日当空，蚊子多多，本市某何姓女青年苦等约她来划船的男友多时，而筹备惊喜求婚的男友却不见踪影。根据现场情况推测，该女子情绪十分不稳定，如果男友此时出现，可能会有血腥场面发生，请十八岁以下青少年在家长的陪同下观看。"

这时谢宇慌张地冲进了画面，上气不接下气地跑到了何蔓身边。

"你又要怎样呀？你有一次不迟到吗？为什么不接电话？是睡过头还是忘带钥匙了？"

何蔓像一挺机关枪，谢宇赶紧不停地赔笑道歉，并试着想转移话题。

"别生气别生气……"

"那你说，我生气有没有道理？"

"有有有。"

"有道理我为什么不能接着生气？"

谢宇语塞："那，没道理。"

"你让我在大太阳下面等了四十五分钟，你说我生气没道理?！"

Danny压抑的笑声像背景音乐铺陈在画面外。

谢宇决定直奔主题："蔓，你记得我们相识了几年吗？"

何蔓："本来早就应该认识了，但是你来晚了，一下子就少了好几年。我现在只知道，我在这边等了你四十五分钟！"

谢宇跑了一身汗，求婚却因为何蔓而迟迟不能进入正题，火气也被拱上来了："你能不能别再讽刺我？难得出来一趟，不能消消气嘛！"

"啊哦，小伙子，你死定了。神仙也救不了你了。"画面外的Danny仍在尽职地直播。

何蔓当场尖叫起来："你也知道难得出来吗？那你干吗还要迟到？你这么一个成年人不会连一点点时间观念都没有吧？你说，我哪次不是等你半个小时以上？"

知道Danny正在偷拍，谢宇拼命冷静了一下，赶紧对何蔓赔礼道歉，希望她尽快冷静下来："好好好，对不起，都是我的错！我以后再也不会迟到了，好不好？"

"这句话我已经听了好几年了！你什么都不会，就只会浪费我的时间！"

"我今天是给你准备了惊喜的。"

"你连迟到都跟平时一样，还能怎么给我惊喜？"

Danny低低地评论道："……嫂子……好口才……"

谢宇脸色沉了下来，两人之间一阵沉默。

这时，躲在远处草丛里搞不清楚状况的小环拿着玫瑰花从何蔓身后跑出来，Danny赶紧猛烈扬手，叫小环躲回去。

Danny轻声道："傻啊你！出来干吗！回去呀！"

这边谢宇的表情已经处在暴怒的边缘："不要吵了好不好？我今天真的有重要事情要告诉你。"

"我现在没心情听，我听到你的声音就觉得烦。"

再也拉不下脸的谢宇终于爆发了，他气得伸出手指着何蔓，却一句话也说不出来。

远处的朋友只看到他伸胳膊比了个手势，连忙拨打了谢宇的电话。

事先挑选好的求婚音乐这时以铃声的形式炸响在谢宇耳边，简直像是一种不合时宜的羞辱。谢宇气得掏出手机，狠狠地朝地上摔了下去。

"你还敢跟我发火？！"何蔓也爆了，"摔手机算什么本事啊？我也会啊！"

何蔓刚从口袋里掏出自己的手机，忽然停住了，又揣了回去。然后小跑几步，弯下腰，把谢宇扔在地上的手机捡起来，然后再次狠狠地，朝着地面摔下去。

"何蔓，你有种摔你自己的啊！"谢宇已经气得冒烟了。

"我凭什么摔我自己的！"

地上的手机还在顽强地播放着音乐，Danny在一旁备受震撼地喃喃道："诺基亚是真抗摔啊……"

这边，谢宇和何蔓的战况愈演愈烈。

"好，好，"谢宇指着何蔓，"有种你接着摔，摔这个！"

谢宇从兜里掏出放钻戒的小盒子，朝着何蔓扔了过去，转身大步离开。

何蔓看到地上的钻戒，惊讶地捂住了脸说不出话，她看看地上的钻戒盒子，又抬头看看远去的谢宇，再低头看看地上的钻戒盒子。

下一秒，她赶紧从地上捡起戒指，从谢宇身后追了上去。

Danny也跟着跑起来，画面随之颠簸起来。

"你跑什么啊，求婚不早说，唠唠叨叨只顾惹我生气！"

"我有什么好说的，我的声音那么烦！"谢宇头也不回。

"别生气了好不好？求婚不是应该跪下来吗？哪有你这样的，耍无赖嘛！"何蔓追得气喘吁吁。

"要跪你自己跪！"

何蔓一愣，马上大步跑起来，一把拉住前方谢宇的手，拽住了他。然后，打开戒指盒，单膝跪在了地上。

"老婆，别生气了，嫁给我吧。"何蔓仰视着谢宇，笑着说。

客厅里全场尖叫。

"谁嫁谁啊！"何琪的老公笑得上气不接下气。

画面中的何蔓趁着谢宇一脸呆傻时，取出戒指戴在了他的左手小指上。

"不说话，我就当你答应了。"

客厅里的人已笑得东倒西歪。谢宇从背后抱着何蔓，搂得紧紧的。何蔓后背紧贴着他的胸口，那里传来闷闷的跳动。

她忽然想起了什么，转身问起小环："对了，你们那天到底是安排了什么节目？那些花啊气球啊都没用上，好可惜……"

小环正要说，被谢宇出言阻止。

"谁叫你当天发脾气，那就一辈子都不要知道好了。"

5.

人都走光了，客厅有些冷清。

何蔓一边洗碗一边看着不远处客厅里暗下来的圣诞树和茶几上吃光的零食，不知怎么，忽然觉得有些心慌。

好时光总是会结束。

或者说不会结束的，不配叫作好时光。

她也说不清为什么，就是突然很想哭。像是幸福到了一个极致，必然害怕失去。

是谁说的，幸福是对重复的渴望。

她相信自己现在是幸福的。因为她无比渴望未来的每一天都这样度过，不怕无趣，也不需要别的新鲜感。只要两个人这样待在家里慢慢变老就好。

眼睛不觉有些湿润。

"哭什么？"谢宇端着杯子走过来时，吓了一跳。

"没什么，我也不知道。"

"是不是快来'大姨妈'了？"

"滚！"何蔓瞪了他一眼，继续低头洗碗。

谢宇静静地看着，开口唤她："蔓。"

"嗯？"

"记不记得我跟你说过，我是怎么喜欢上你的？"

何蔓笑了："记得。"

负责迎新生的学长，帮学妹们扛东西走进女生宿舍楼，无意中往洗漱间扫了一眼，看到一个长发披肩的姑娘正背对着他刷杯子。

学长不知怎么就胡思乱想起来，如果哪天自己有老婆了，饭后刷碗的背影，是不是就是这个样子？

他愣在那里，安静地看着这个连长相都不知道的姑娘，直到有别的女生从洗漱间旁的女厕所走出来，看到这个站在门口的痴汉，吓得尖叫起来。

"变态啊啊啊啊啊！！！"

学妹这时候才转过身来，阳光洒在她的长发上，随着转头，带过一道动人的弧光。

……后来，学长就和这个喊"变态啊"的姑娘结婚了。

"除了会尖叫，我也会刷碗啊！"何蔓气得把百洁布扔进水槽，"我的背影没她好看吗？！"

"我早就不记得她的背影是什么样子了。我只记得你。"

第十四章 ╱ 被神遗弃的你

这是何蔓今天洗的第十个澡。

谢宇坐在楼下，听到楼上再次传来哗哗的水声。他慢慢地靠着墙坐到地上，对面的厨房柜门敞开着，里面的十几袋盐是何蔓一次次从超市买回来的，积压成灾，像一片不会化掉的雪。

♡

1.

自从与谢宇复合之后，何蔓就变得很怕从黑暗中醒来。

以前短暂地一个人生活的时候倒没这么惶恐，找回幸福之后，开始担心自己会再次一梦醒来一无所有。

所以每次一睁开眼，何蔓都会开始寻找谢宇，如果谢宇不在，她就一定要第一时间看到当天的日期。

谢宇笑她胆小鬼，但还是在她身边放了一个日历。

"老古董了呢，过一天撕一页，省得害怕，"他轻轻搂着她的腰，"好了，睡吧。"

何蔓再次睁开眼，天光大亮，谢宇已经不在身边。她连忙转头去看床头柜，日历好好地摆在那里，2013年已经撕去了一个月。

何蔓安下心来。

冬日的阳光格外珍贵。连续多日的阴天之后，今天太阳终于露面了。

她坐在床上，愣愣地看着外面的阳光，觉得好像有什么事情要做。还是谢宇前两天提醒她的。

是什么呢？

谢宇这时候早就去上班了。她只好去翻手机——手探到枕头底下，不在。

床头柜上也没有，去哪儿了？

最近怎么老是稀里糊涂的！何蔓内心一阵烦躁。

人要是情场得意，职场一定会失意，老天不会让一个人太顺遂。

何蔓经过一段时间绝佳的工作状态之后，突然走起了背运。重要提案的现场，她先是找不到U盘，硬着头皮上阵，说到一半，又把准备好的提案词忘了个干干净净。

幸好这个单子在大家的集体补救下没有丢掉，可何蔓还是自责不已。老板对她这个在公司待了近十年的元老非常宽厚，只说她可能是太疲惫了，车祸之后没休息多久就回来加入这种高强度的项目组，难免出状况。

何蔓退居二线，在老板的再三挽留下暂时没有离职，HR已经开始物色新的创意部总监了。

谢宇倒是有点儿开心地安慰她："太好了，我老婆终于遭遇滑铁卢了，我重新夺回家庭顶梁柱的位置，婚姻危机彻底解除。"

何蔓被他逗笑了，心中的沮丧变淡了不少。

她最终在电视旁边找到了手机，却怎么都想不起来自己怎么会把它放到这个位置来。

"你前几天是不是嘱咐我做一件什么事情来着？我今天早上醒过来就一直有印象，死活想不起来是什么。"

办公室里的谢宇疑惑地转头看窗外，好天气啊。

他灵光一现："哦，对，让你今天在院子里晒晒被子。好不容易出太阳了。"

何蔓提着的一颗心落进肚子里。

她抱起被子，在院子的晾衣绳上铺展开，用竹竿轻轻打了几下，让里面的棉花蓬松开。暖暖的阳光照在上面，何蔓忍不住把脸贴上去，张开手抱住了垂下来的棉被。

真是好天气啊。何蔓不由得想微笑。

因为前段时间自己做饭忘记关掉煤气，差点儿出事，谢宇禁止她再做饭。可是她突然很想做慕斯蛋糕。

上次给他做好了，但没能给他送过去的鸡蛋慕斯蛋糕。

何蔓跑回房子里，穿好外套，决定出门去趟超市。

走到一条分岔路时，何蔓骤然停下脚步。

"这是哪儿？"

她好像走了很久，可还是没看到超市，自己却走到了一个不认识的小路口。何蔓盯着路牌，内心再次烦躁起来。

"用地图导航一下吧。"何蔓自言自语，打开手提包开始找手机。

手机不见了。

　　她慌张地摸了摸身上的所有口袋，都没有。

　　"是忘在家里了还是被偷了？"何蔓急得快哭了。她手机没设密码，里面还有两个人亲热的照片呢，真的被偷了可怎么办啊？

　　万分焦急中，她忽然觉得墙壁开始旋转起来，转着转着，白天落幕成黑夜。

　　何蔓歪倒在路边。

2.

　　何蔓缓缓睁开眼，视野中一片刺眼的白。阳光从窗子透进来直射在她的脸上，她眯起眼睛，适应了很久才能看清东西。

　　"蔓，你醒过来了？"谢宇提着一壶水出现在门口，大步奔到床前。

　　"你到底怎么了？怎么会昏倒在路上？"

　　"我……就是眼前一片黑。"

　　谢宇的眼中满是疼惜和担忧："算了，你先躺下，我去叫医生。"

　　谢宇出去一会儿后回到了病房里，坐在床边安抚地摸着她的手背："医生说等你休息好了，就让我陪你到诊疗室去做些检查。"

　　"我有点儿害怕。"

　　"没事，你之前车祸不是脑震荡吗？我刚刚在网上查了，时不时晕一下也属于后遗症。你别自己吓自己，不会有事的。"

　　何蔓笑了，用力回握谢宇："嗯，不会有事的。"

　　半个小时后，何蔓试着起床。刚坐起来的时候仍然会有一点儿眼冒金星，她略微一摇晃，谢宇就紧张地抓住她两只手，手心满是黏腻的汗。

"你看你紧张的，手心都出汗了。我就是躺太久了，可能有点儿低血糖。没事没事。"何蔓哭笑不得，"你又请假了，老板要发飙了吧？"

"总监本来就不用坐班，我要是乐意，在家办公也没问题，"谢宇满不在乎，"看你有空关心公司业绩，应该是没事了。来，我扶你起来。"

"你能说出今天是哪年哪月哪日和星期几吗？"

何蔓听到问题之后笑喷了。

诊疗室里，医生跟何蔓说要做个小测试。何蔓心里还有些忐忑——没办法，虽然毕业这么多年了，可还是一听到考试测试这种词就条件反射地紧张。

"大夫，你是为了缓解我的紧张情绪吗？那你不如给我老公做这个测试，他可比我紧张多了。"

医生宽和地笑了："还能开玩笑，估计没什么事情。我理解你觉得这测试侮辱智商，不过这是重要的例行检查。根据你老公刚才跟我讲的你的日常状况，我有一些初步推断。你还是耐心配合我吧，这样大家都放心。"

谢宇鼓励地拍了拍何蔓的头："不测智商，慢慢答就好，不要有自卑心理。"

"谁有自卑心理，"何蔓瞪他，"咬你哦！"

大夫轻咳了两声，两人连忙肃容坐好。

"好了，现在回答我，今天是哪年哪月哪日？"

何蔓答道："2013年1月31日星期四。"

"你现在在哪里？知道地址吗？"

何蔓笑了："阳明医院啊，信义区松德路309号。"

她的声音本来就很好听，现在口齿清晰地回答着这些简单的问题，一字一句都干净得像在地上蹦跳的小豆子，整个人神采飞扬。谢宇带着笑意看她，心里总觉得怎么都看不够。

"好，那下面三个词语请你跟我读一次——苹果、报纸、火车。请你记住这三个词语，待会儿我会叫你再说一遍。"

何蔓忍住笑，自信满满地回答："苹果、报纸、火车，我记住了。"

"100减7是多少？

"93。"

这测试真是包罗万象啊，何蔓腹诽。

"再减7呢？"

"86。"

"再减7呢？"

"79。"

连续答了几次，怕自己太快会答错，何蔓稍稍放慢了语速。

"现在我读出五个数字，请你把数字倒转读出来：4，2，7，3，1。"

"1，3……7，2……4。"

有点儿费劲儿，不过不奇怪，她本来数学就很差。何蔓安慰自己。

"好，现在请你说出刚才的那三个词语。"

何蔓很难形容自己此时的心情。

她难以掩饰自己有些呆滞和慌张的眼神，看到旁边谢宇瞬间拧起的眉头，何蔓忽然觉得自己很没用。像很小的时候考砸了，回家看到妈妈失望的眼神一样。

她害怕让谢宇失望。她答应他自己不会出问题的。

何蔓强迫自己集中注意力。这个目的不明的测试开始显现它的恐怖威力。医生并没有催她，自始至终保持着同样温和的表情。谢宇也似乎怕干扰到她，不敢开口。

白色的诊疗室里弥漫着白色的紧张。

何蔓急得泪水在眼眶打转。

"别急，慢慢来！"谢宇终于还是忍不住出声鼓励，语气温柔小心，像个年轻的父亲。

"努力想想看，第一个是水果。"张医生在一边提示道。

"苹果，"何蔓长出一口气，"第一个是苹果，我想起来了，我想起来了。"

"那第二个呢？"

何蔓再度陷入苦思。

"第二个是你每天都会看的，早上的时候，我看完你看的。"谢宇轻轻抚摸着她的后背，温声提示。

"报纸？"

"第三个呢？第三个是交通工具。"

"汽车？自行车？"何蔓一脸焦急，"飞机？火车？"

"对了对了，"谢宇笑起来，"三个都说对了，好了。"

没好，没有好。何蔓的心慢慢沉下去。

这时，医生从抽屉里拿出了几样东西，在桌子上摆好。

"现在请你记住这五样东西。"

一只手表、一枚一元硬币、一支钢笔、一张名片和一个笔记本。何蔓认真地看着桌子上的物品，一直盯到脑仁有些疼，像要把桌上的物品刻进脑中一样。

何蔓被谢宇握住的那只手开始渗出绵密的冷汗。谢宇感觉到了，于是更用力地握紧。

医生接着用一块布把桌上的物品盖起来。

"好，何小姐，现在请你说出刚才那五样物品。"

"手表，笔，硬币，还有……还有……"

说到这儿就再也说不出的何蔓，转过头和谢宇对望，两人的脸都是一片苍白。

何蔓的泪水终于落了下来。

谢宇把她搂进怀里，轻轻抚着她的后脑勺儿，像个溺爱的家长。

"好了好了，测试做完了，我们成功了，不怕，不怕。"

3.

被推进核磁共振机器的那一刹那，何蔓有种被推进断头台的感觉。

这台奇怪的仪器，能穿透她脑中波涛汹涌的海洋。

海洋中漂浮着一些零碎的片段、混杂的画面和混杂的声音，不知道该如何匹配。

"何小姐的海马体正在萎缩。"

穿着白大褂的男人拿着钢棒，对着灯箱上两张脑部断层扫描图指指点点。

"我早就不记得她的背影是什么样子了，我只记得你。"

男人从背后抱着自己，低头能看到他结实的手臂环在腰间，抬眼却看到暗淡的圣诞树，聚会散场，欢笑落了一地。

"何小姐多年前曾经出过车祸，当时也发生了脑震荡。这次脑部再次受创，这地方的黑色部分是撞击导致的出血，形成了血块儿。这个是不是成因我们暂时还不能确定，但是从海马体和何小姐平时生活中的表现、记忆力测试的结果综合来看……"

穿白大褂的男人嘴巴一张一合。

"想不想喝啤酒？"

"想！我两罐，你一罐！"

夏天的夜晚，树影婆娑。夏天，夏天，天塌下来都觉得不着急的夏天。

"何小姐极有可能是患了脑退化症。"

随着这句话，所有画面真的都退了出去，像退潮一样远离，消失不见。

何蔓从纷杂的思绪中恢复过来，定定神儿，发现自己正站在洗手间里。

镜子中的女人披散着头发，穿着睡衣，手里还拿着一支牙刷。

原来都是因为没睡醒。

何蔓放心地对着镜子傻笑了一下。

起来就刷个牙，洗个澡吧。

这是何蔓今天洗的第十个澡。

谢宇坐在楼下，听到楼上再次传来哗哗的水声。他慢慢地靠着墙坐到地上，对面的厨房柜门敞开着，里面的十几袋盐是何蔓一次次从超市买回来的，积压成灾，像一片不会化掉的雪。

4.

谢宇原本以为，失忆是有顺序的，何蔓会从最接近现在的开始遗忘，然后一直倒退，最后回到像婴儿一样的状态。

实际上失忆是会跳跃的，今天的何蔓来到五年前，明天又可能跳回到大学时候，后天又恢复正常，正常没几分钟就拎起包说要去开会……

何蔓脑海中的记忆被打乱了顺序，跳来跳去，没有过去、现在、未来，只有当下的选择。

五月，街上已经一派暮春景象。邻居家一墙的花儿已经开败，空气中却时不时还能嗅到凄迷的香气，不知道是不是错觉。

何蔓的病情恶化得比想象中要快。

三个月前医生曾经表示，不做手术的话，现有药物并不能遏制病情的恶化，只能延缓，但是疗效因人而异。如果每天能做足够的运动，维持身体机能，每天抄写报纸、看书朗读以维持认知功能，那么最乐观地估计，何蔓可以撑三四年。

"我们曾想通过手术把脑中的血块儿移除，但由于血块儿压住了好几条重要的脑部神经，手术风险非常高，大概只有两成的存活率，所以我并不建议进行手术。"

谢宇至今还记得那一刻医生恳切的声音。也许是经验丰富的原因，他很会控制自己的语气和情绪，明明这么绝望的消息，他说出来都像是安慰。

这两成的存活率变成了何蔓和谢宇争吵的源头。

何蔓不想变成痴呆。即使最乐观的估计，三年后她也会成为一个没有记忆、没有常识和行为能力的幼儿，也许大小便都无法控制。

可是如果做手术，几乎等于找死。

刚从医院回来的时候，何蔓还是清醒的情况居多，而这种清醒总是伴随着恐惧，也伴随着争吵。

"你真想让我变成痴呆吗？连你和自己都不记得了，什么都不会做，像个巨婴一样，我也不是我了，活着还有什么意思？"

"三年后活着没意思，那你就要立刻去死吗？"谢宇激动地咆哮。

"手术怎么能叫作立刻去死呢？！不是还有两成的可能性康复吗？"何蔓的眼泪扑簌而下，"我不能真的变成傻子啊，我不是可怜我自己，我是想趁自己现在还有意识，能够做决定的情况下安排好一切。你知不知道，我会拖累你一辈子？你已经请了这么多假，工作都快保不住了，未来还要负担我的医药费，后半辈子都要照顾一个傻子，一个根本就不是何蔓了的傻子！你明白吗？！你才三十三岁啊，你要毁掉自己一辈子吗？等到我真的痴呆了，连自己是个累赘都意识不到，我怎么帮你！"

"我当然知道。我也知道，如果现在生病的是我，你也会跟我做一样的选择！照顾你一辈子怎么了？怎么了？要照顾你的是我，我都没觉得是负担，你凭什么替我决定？"

何蔓的眼泪大颗大颗地顺着脸颊流下来。

"我们不是夫妻了，不是都已经离婚了吗？你不是也决定了让我开始新生活了吗？当时能分得开，现在怎么就分不开了？如果当时我们离婚之后我就搬去别的城市了，你再也见不到我了，那我对你来说不也跟死了一样吗？这难道不一样吗？"

"我说不一样就不一样！"

谢宇吼得何蔓浑身一震。

"我不要你死。就当你是我女儿，对，就当你是我女儿，倒着长大，越长越小，不行吗？反正你这么笨，老了也一定会痴呆，不就是早一点儿吗？"

谢宇紧紧地搂着何蔓，像是下一秒她就会灰飞烟灭一样。

然而，这并不是唯一一次争吵。何蔓一直心心念念去做手术，谢宇则每次都会和她因为这件事情对着吼，吼到最后再一起抱头痛哭，循环往复。

直到何蔓的记忆力脆弱到记不起自己想去手术这件事情，也再不能完整地跟谢宇吵一架。

5.

曾经有个甲方客户代表和谢宇私交很好。客户那年三十岁，刚刚和恋爱长跑六年的女友分手。

他住在一栋公寓的七楼，女友搬出去后，留下了一些零碎的日用品和一条金毛寻回犬。

金毛寻回犬六岁半，是他们刚开始同居的时候一起抱回来的，从一丁点儿的小奶狗长到现在的三十八公斤。金毛对运动量的要求很大，他们曾经每天早上一起带着狗狗跑步，晚上下班后带着它一起散步。

客户代表工作很忙，女友却是自由职业，白天女友和金毛相互陪伴，晚上一家团圆，温馨得不得了。

可惜了后来。

女友搬走后，家里就只有金毛自己。客户代表把落地阳台常年开着，无论冬夏，这样当他加班到深夜无法按时回去遛狗时，金毛可以自己到阳台去大小便。

可他很快就被邻居投诉了。金毛白天在家很寂寞，所以一旦站在阳台发现下面小区里有人走过，就会对着人狂吠，不知道是不是思念主人的缘故。邻居不堪其扰，直接报了警。

他只能把阳台封上，不让它出去。

有天晚上他很晚才回家，一打开门，一股恶臭扑面而来。原来金毛拉肚子了，茶几下面的羊毛地毯一塌糊涂。沾了一身大便的金毛知道自己做错事了，懂事地没有扑上来迎接他，而是可怜巴巴地蜷缩在角落里，一双眼睛水汪汪地看着他。

那个蜷成一团的大家伙，却比刚出生的时候看起来还要瘦弱渺小。

他没忍住，三十岁的大男人，就那样蹲在门口，失声痛哭。

谢宇曾经很不解。既然没有时间，为什么不把狗送给别人，或者卖掉？

否则主人也难过，狗也生活得不快活。

客户代表苦笑着没解释，半晌才说："舍不得。"

明知道对人对狗都好，可是他舍不得，狗也只认他一个主人。有什么办法。

谢宇只能表示同情，但从来没有真正体会过那种舍不得的感情。

然而，当Danny委婉地劝他，何蔓现在的情况还是比较适合被送去疗养院，不知怎么，谢宇忽然想起了这个遥远的故事。

Danny不是第一个这样劝他的人，也不是第一次劝他了。小环、何琪一家……

所有理智的旁观者，都能客观地判断出此时最适合他们的方式。谢宇重新回去上班，何蔓去疗养院，在专业人士的护理下调养，同时也减轻了谢宇的负担。

"这是长久之计。"

所有人都这样说。

可是他做不到。

这一刻仿佛又看到那个当时比自己年纪还要大的男人，一脸复杂，却又无法解释，只是一遍遍地重复，"不行，我舍不得"。

舍不得让她像等着被探监的弃儿一样，日复一日地和一群同样失去希望的人在一起。如果不能在身边，那又有什么意义。

6.

早上醒来时，谢宇发现何蔓不见了。

他疯了一样跳下床，下楼梯时差点儿一个跟头扎下去。冲到房门口，才看见已经梳妆打扮好的何蔓，拿着包包，正在弯腰穿鞋。

"你要去哪儿？"他怕刺激到她，于是装作很随意的样子柔声问道。

何蔓很平静地对着谢宇微笑："我要去上班啊！我今天有很重要的会要开，不回来吃饭。"

"哦……"谢宇没有拆穿，"那你加油。"

何蔓亲了一下谢宇，接着便转身出门。她前脚一离开，还穿着睡衣睡裤的谢宇赶紧穿上鞋子拿着钱包冲出门，紧紧尾随在何蔓身后。

一路上，谢宇才真正明白这个病的可怕。

跟在何蔓的身后，谢宇感觉何蔓不只是失去了记忆，更像是失去了魂魄。

她在公园长椅上枯坐了两个小时，眼神呆呆地、空洞地看着前方，又蹲在池塘边看了半个小时的游鱼。

谢宇一直偷偷地躲在树后，注视着何蔓的一举一动。

不知过了多久，就在谢宇打电话跟公司报备说今天还得留在家里办公时，何蔓突然站起身来，向前走去。

谢宇匆忙挂断电话，再度起身追去。

半小时后，何蔓已经置身于商业街上。汹涌的人潮中，何蔓的身体看起来小小的，背影愈加消瘦，随时都会被吞没。谢宇伪装成顾客混进店中，随手拿起一件商品遮住脸，不让何蔓发现自己。没想到，何蔓晃了晃又往店外走去。忘了自己手上还拿着商品的谢宇，匆忙跟出去时被店员拦阻下来："先生，你还没付账呢！"

　　谢宇完全顾不得，扔下商品转身就走，没想到，只是这么两秒钟的工夫，来来往往的行人中，就再也找不到何蔓的影子了。

第十五章 / 那些生命中最重要的事情

爱情没有多么强大的力量，他们那么相爱，也避不开一路的波折，上天似乎并未格外眷顾有情人。然而爱情就是眷顾本身。

♡

1.

谢宇的头脑是混乱的。

很快整条街的商家都知道了，有个穿着睡衣和皮鞋的男疯子在街上来回瞎跑。谢宇的头不知道往哪边看才好，生怕某一秒钟自己转错了方向，就错失了看到何蔓的机会。

那么多人，形形色色，千奇百怪的面目，却找不到一张他最熟悉的脸。

谢宇拿起手机不抱任何希望地打给何蔓，何蔓果然一直关机。打给警察，公安局却说没超过二十四小时根本不算失踪，暂时不能立案。

迫不得已，谢宇给何琪、小环和Danny打电话，请他们到商业街帮忙一起寻找。尽管他们几个都猜得出谢宇和何蔓现在的艰难处境，也多次真诚地提出周六日的时候过来帮忙，但谢宇全都坚决地推辞了——他知道，何蔓一定不希望身边人看到自己呆呆傻傻的样子，也害怕他们看到真实情况后更加坚持要让何蔓去疗养院。

他本就不听他们的劝告，咬牙说自己照顾得过来。现在这种情况要他怎么解释？他还怎么有资格继续反对他们的劝说？

挂上电话后，谢宇赶紧往回家的路上走，他想回家拿车钥匙，开着车可以扩大范围找。刚一走进家门，谢宇愕然发现，何蔓已经换上了家居服，正乖巧地坐在餐桌前等他。

谢宇站在玄关处愣了好久，似乎被眼前这个好消息彻底砸傻了。

他赶紧给何琪打了个电话，请她帮忙告诉Danny和小环，不用找了，人已经自己回家了，请他们放心。

谢宇缓缓脱掉鞋子，用这短短的时间掩去一脸的惊慌，回复到平时那种淡定又放松的状态，然后才笑着坐到桌边。

他走近了才注意到桌上放了一个蛋糕。

何蔓不知道在想什么，竟然连谢宇进门都没发现，等他走近了才回过神儿，但对于忽然出现在眼前的谢宇也没表示出惊讶，好像谢宇根本就没有出过门，一直就在客厅。

看见谢宇回来，何蔓很开心，站起来走上前迎接谢宇。

"来，切蛋糕！哦，对对对，你看我这记性，还没点蜡烛呢！"

切什么蛋糕……谢宇正在纳闷，就看到何蔓已经从桌上抓起打火机，连忙抢了过来："我来我来！"

谢宇低头点燃蛋糕上唯一的蜡烛时，才看到上面七扭八歪的一行字："结婚周年纪念日快乐"。

你可饶了我吧，这是什么历法啊？谢宇想笑，又觉得鼻子有点儿酸。他看着双手合十闭着双眼、像少女一样在祈祷的何蔓，那句"又不是过生日许什么愿"就憋回了肚子里。

"许的什么愿啊？"他笑着问。

"不告诉你。"何蔓歪头一笑，带着童真的俏皮。她拉着他的手，数了一、二、三，要跟他一起吹蜡烛。

"吹完蜡烛，我还有礼物送给你哦。"

何蔓朝他眨眨眼，然后转过头自己一个人"呼"地一下把蜡烛吹灭了。

"不是说一起吗？"

"反正你又没许愿，"何蔓无赖地说，"吹不吹蜡烛有什么关系啊？"

不等谢宇反应过来，她就弯腰从桌子底下掏出一个四四方方的盒子，双手捧着塞到谢宇手上。

"快打开看看，喜不喜欢？"

何蔓盯着盒子，谢宇盯着何蔓。那张三十岁女人的脸上，绽放出十三岁的天真。她盯着盒子的样子好像自己也不知道里面是什么，充满好奇。

谢宇把手按在盒盖上，故意不打开，想逗逗她。

"你急什么，你又不是不知道里面装着什么。来，让我考考你，你记得盒子里面放着什么吗？"

何蔓拍拍他的手背："别闹，你当我傻吗，这样就想骗我？我是要给你惊喜，怎么可以提前告诉你，快打开！"

谢宇被她说得哑口无言，灰溜溜地掀开了盒盖。

2006年出产的，诺基亚5300。

谢宇怔住了。

他的样子让何蔓瞬间开心地大笑起来："没想到吧！我说过会想办法买给你的，怎么样，说到做到！开心不开心？"

谢宇低着头，手指轻轻地摩挲着手机。

"开心。"

"咱们搬家折腾一趟，又花了你不少钱，连喜欢的手机都舍不得买。人家不是说，你们做业务的要装得有面子一点儿吗？客户都用好手机，你还用那么破的旧手机，怎么谈得成生意啊！不过这手机真是不好买，我跑了好多家，人家都说不卖，好不容易才买到的！"

何蔓絮絮叨叨地说着，时不时抬眼看看谢宇，笑容里带着几分讨好的意味。

"我知道，你觉得我现在脑子不好使。其实没有的，你别怕，你看，我不是都记得吗？我说过咱们搬进新家之后我肯定马上给你买手机，怎么样，买来了吧？"

何蔓的脸上浮现出一抹骄傲的神色。

"你们老说我记性不好。你看，最重要的事情，我全记得呢。"

谢宇只是看着她不说话。何蔓忽然惶恐起来："你怎么不讲话啊？你不高兴吗？我做错什么了吗？你……不喜欢吗？"

最后四个字小心翼翼，可怜巴巴的。

谢宇盯着眼前这张不知道是几岁的脸，手心里的手机忽然变得滚烫。

"喜欢，高兴，"谢宇点头，"真的特别高兴。我早就想买这部手机了，一直舍不得。老婆你真好，老婆……我知道你都记得，我知道，我……我……"

何蔓忽然冲上去紧紧抱住了谢宇。

"不就是一部手机吗？以后咱们会特别有钱，买好多诺基亚最新款，摩托罗拉也买，一买买两部，用一部，扔一部！好不好？好不好？谢宇，你别哭啊，你哭什么啊？"

她抱着他，为他能喜欢自己精心挑选的礼物而开心，但怎么都想不明白，谢宇升职做客户经理了，他们也搬进中环了，日子未来只会越过越好，他到底为什么哭呢？

未来会越来越好的，不要哭好不好？

我们的日子还长着呢。

2.

何蔓做了一个梦。

她梦见谢宇当年向自己求婚的场景，可是又有一点儿不一样。梦里她没有埋怨谢宇迟到，心里也很清楚他故弄玄虚约自己出来划船其实就是为了求婚，她都知道。所以，她一定要老老实实地假装被骗，不发脾气不捣乱，让他把筹备好的求婚从头到尾演绎一遍。

要很完整。要很完美。

可是梦里当谢宇朝自己跑过来的时候，眼前的道路却断裂了。谢宇被卡在缝隙里，流了好多血，却咬着牙不喊疼。

他说，蔓，对不起，你等一等，我马上就把自己救出来，你要等我。

"要不是来找你，他根本不会死。"

周围出现了许多人，面目模糊，义正词严，把她和缝隙中奄奄一息的谢宇围在当中。谢宇的血越涌越多，像海一样漫过来，彻底淹没了何蔓。

她尖叫着坐起来，下意识地向身边摸去想寻找谢宇，却摸了个空。

何蔓看到自己眼前的被单上放着一张白色的卡纸，上面写着："蔓，我在楼下等你。"

像是怕她走两步就会忘记卡片上说什么一样，何蔓下床，发现沿路都是卡片，每一张上面都画着箭头，每分每秒地提醒着她要去哪里。何蔓走几步就捡起一张卡片，迟疑地推开了房门。

视线所及，一块长长的雪白地毯从门口处伸展开去，上面撒着大片大片的玫瑰花，像一条绝对不会错过的指引路线，一路绵延到楼下。何蔓光脚踩在地毯上，一步步小心地走下去。

在楼梯半途，何蔓看到了陌生的背影，像是在楼梯口等着她。

那个人穿着奇怪的老头衫，整个人都佝偻着，头发雪白。何蔓惊讶地走过去，轻声在背后喊："你是……"

老人转过身。

何蔓惊讶地捂住嘴。

那是一张老人的脸，皱纹、老年斑密布，皮肤松弛，老花镜也遮不住下垂的眼袋。

即使如此，她还是第一眼认了出来。

"谢宇？"

"怎么才下来，"谢宇的声音有种做作的苍老，"赶紧来吃饭吧。Danny刚做完化疗手术出院了，小环他们说要庆祝他死里逃生呢。来，快下来。"

何蔓牵起那只粗糙又松弛的老手，如坠梦中，酸涩的鼻尖告诉她，一切都是真实的。

饭桌前，头发花白的小环、何琪，还有一头黑发的Danny已经坐在了那里，看到何蔓走进来，都露出一脸沧桑的笑容。

"为什么Danny的头发还是黑的？"何蔓边哭边笑。

"他昨天偷偷去染的，"小环声音苍老，却依然犀利，"老来俏！"

何蔓笑出声，在谢宇的牵引下坐在了桌边。四个人都如此衰老，年轻时的容貌依稀可辨。只有何蔓一个人，年轻而突兀，像一段剪错了的影片。

错乱了时间，模糊了空间。他们都陪她一起退化，一起衰老。

"你说说你！"谢宇忽然发起了脾气，"戒指呢？！"

何蔓眨眨眼："什么？"

谢宇气得咳了半天，差点儿转成哮喘的样子，最后终于止住了，手撑在桌子上才勉强站起来，佝偻着背转身去翻箱倒柜地找东西。

然后拿着一只戒指转过身来。

"让你戴好了，你就不听，怎么，不想做我老伴了？"

他看着她，像在等待一个答案。

何蔓泪如泉涌。

"想。当然想。我一直想做你的老伴。"

谢宇绽放出一脸阳光。他拉起何蔓的左手，用自己那只皱得像橘皮一样的手拈起戒指，然后小心翼翼地，将戒指戴在了何蔓的无名指上。

他握住何蔓的手，温柔却无比坚定地说："我们终于白头偕老了。"

何蔓看着眼前的谢宇，有些什么念头像鸟掠过天空一样，只留下模糊的痕迹，却捕捉不住。

好像是一件她一直想要去做的，却被自己忘记了的事情。

白头偕老。

何蔓看着这几个为自己装扮成耄耋老者的、生命中最重要的人，忽然抓住了那个念头的尾巴。

3.

谢宇没想到，又在超市里遇见了Lily。

对方穿着明黄色短裙，带着夏天张扬的气息。在生鲜食品区，是Lily先发现的他，大大方方地跑过来跟他打招呼，仿佛曾经的尴尬龃龉都不曾发生过。

年轻得像是从来不会受伤害。

Lily的态度缓解了谢宇的愧疚感。他也笑着问对方近况如何。

　　"我交男朋友啦，"Lily笑，"比你好多了。"

　　"恭喜你，为你高兴。"

　　"没劲儿，"Lily撇撇嘴，忽然问道，"何蔓姐还好吗？"

　　"挺好的。"

　　"我听Danny哥都说了。你今天怎么能出门？不用在家里守着她吗？"

　　"她这两天住到她姐姐家里去了。最近她老是活在高中的回忆里，想她姐姐，所以我就把她送过去住两天，明天就接回来。"

　　"我……"Lily叹口气，"这种事情让人觉得老天没长眼，我是真心觉得很难过。"

　　谢宇笑笑："也没什么，反正还在一起，健康生病不都一样，这辈子都要一起过的。"

　　Lily被谢宇轻松的一番话震惊到了。

　　"你别怪我多管闲事。我真的很佩服你，如果不是知道你已经独自照顾了她这么久，我会觉得你根本就是在说大话。反正我认识的人都会觉得不划算——你别介意，我不是说感情可以放在天平上量，我就是觉得……有些现实的考虑不是人的本能吗？你这样值得吗？你才三十出头，以后还有那么长的日子呢。"

　　谢宇依旧只是笑。

　　"我没考虑过，我觉得这事特别简单，爱情就是这么简单，我离不开她，放不下她，更没觉得她耽误了我什么。我这辈子本来就只想跟她一起过，离开了她才叫耽误呢，这就是我的现实。"

　　Lily怔怔地看着她，不知道是冷柜的原因，还是谢宇的话起了作用，她忽然觉得头脑一片清明。

爱情是最大的福气。还有什么好算计的。

谢宇刚说完，手机就振动起来，Danny的电话。

"谢宇，你还不知道呢吧？我也是今天无意中知道的，何蔓在医院，她要做手术！"

谢宇一愣，扔下购物车，转过身朝着出口的方向狂奔。

4.

"没办法白头到老了，"何蔓看到扶着门框喘息不止的谢宇，笑着指指自己的脑袋说，"我现在被剃成光头啦！"

"我不许你做手术。"谢宇看也不看她，低着头只重复这一句话。

"你别固执了。即使你是我老公，我的命也是自己的，我自己能做主。这几天我难得这么清醒，你必须听我的。"何蔓的声音很平静，还带着笑意。

"我跟你说，这个手术叫作硬膜下血肿的开颅术，医生们会帮我把血块儿取走。之后我就会恢复正常啦，再也不要一天洗十几次澡了，都掉皮了。"

"太危险了，不可以，我们这样不好吗？你……我不跟你说，何琪呢？何琪！你就是这么当姐姐的？你这是在把你妹妹往死路上逼！你知不知道？你是不是不想养她啊？我养！本来也用不着你！我们的事用不着你们管！"

谢宇陷入了癫狂状态，他吼累了，走到病床前就要把何蔓抱走。

　　"走，跟我回家！"

　　"谢宇！"

　　何蔓严肃地推开了他。

　　"我要做这个手术，签过字、交过钱了，谁也不能阻止我。包括你。"

　　何蔓清清楚楚地看着谢宇说：

　　"我动这个手术不仅仅是为了你，也是为了我自己。谢宇，我想活得有尊严，我想给你有尊严的感情，想给你最好最完整的何蔓，不是婴儿也不是动物，更不是一个会动的遗像。"

　　谢宇红着眼睛看着她。

　　"你不要怪我姐，这是我的决定。我知道你打定主意为我蹉跎人生，如果我现在失去神志只能依靠你，我也相信你绝对不会抛弃我，会一直陪着我，把你的人生都赔上。如果现在躺在这儿的是你，我也会做一样的选择，但我不甘心。"

　　何蔓轻轻抓着谢宇的手。她的那双手已经变得那样瘦，那枚钻戒已经有些挂不住，突兀地夹在指间，看得谢宇心酸。

　　他哭得一句话也说不出来，只能任由她摇着自己的胳膊，轻声哀求：

　　"我想康复。我出过车祸失过忆，老天爷居然还给我第二次机会让我装傻充愣地找回了你，我真的不应该更贪心。可我控制不了，我想和你生宝宝，看着宝宝长大，看着他结婚，看着他生小孩儿，然后我还要给你洗一辈子的碗。我说了，我们还有以后，很长很长的以后，你要有信心，你要等我。"

你要等我。

5.

"等我醒过来，你要怎么补偿我？"

"夏天的大西瓜，对半切，我把最中心、最甜的那些都用勺子挖给你。"

"还有呢？"

"你爱吃甜筒的尖尖，我也留给你。"

"你舍得吗？"

"舍得。除了你，我什么都舍得。"·

"真好，你愿意把最好的东西都留给我，所以我不能把这个脑子不好使的自己留给你。我也要给你最好的。你要相信我。"

"我相信你。我相信你会醒过来，这次不会消失哪怕一小时的记忆。我在旁边守着你，一分一秒都不会溜走。"·

谢宇隔着玻璃，遥遥望着已经进入麻醉状态的何蔓。

他相信她会醒过来，长出头发，黑黑的，又和他一起变白。

他就在这里一直等着她。等着最好的她出现。

爱情没有多么强大的力量，他们那么相爱，也避不开一路的波折，上天似乎并未格外眷顾有情人。

然而爱情就是眷顾本身。

它对抗不了生老病死，但隐藏在回忆里，顽固地站在时间的长河中，分开迎面而来的洪流，执拗地等待爱人的出现。

那个人一定会出现，带给你最好的爱。

你一定要相信。

（全文完）

图书在版编目（CIP）数据

被偷走的那五年 / 八月长安著. —长沙：湖南文艺出版社，2013.9
ISBN 978-7-5404-6266-6

Ⅰ. ①被…　Ⅱ. ①八…　Ⅲ. ①言情小说 – 中国 – 当代　Ⅳ. ①I247.5

中国版本图书馆CIP数据核字（2013）第136873号

上架建议：爱情小说

被偷走的那五年

作　　者：八月长安
出 版 人：刘清华
责任编辑：薛　健　刘诗哲
监　　制：蔡明菲　潘　良
特约策划：邹和杰
特约编辑：尹　晶
营销编辑：刘碧思
装帧设计：车　球
内文排版：大汉方圆
出版发行：湖南文艺出版社
　　　　　（长沙市雨花区东二环一段508号　邮编：410014）
网　　址：www.hnwy.net
印　　刷：北京嘉业印刷厂
经　　销：新华书店
开　　本：880mm×1270mm　1/32
字　　数：200千字
印　　张：7.5
版　　次：2013年9月第1版
印　　次：2013年9月第1次印刷
书　　号：ISBN 978-7-5404-6266-6
定　　价：32.80元

（若有质量问题，请致电质量监督电话：010-84409925）

被偷走的那五年

被偷走的那五年

被偷走的那五年

—工作照—

Production 甜蜜一族 2
Roll 10 Scene 23 Take 2 1
導演 吳兵紙 18
攝影 陳 偉 Date 2012.11. T day

The stolen years

被偷走的那五年

▶

影像全纪录

导演：黄真真

主演：白百何 / 张孝全 / 范玮琪 / 安心亚 / 林暐恒 / 谢君豪 / 伍思凯

八月长安 作品

湖南文艺出版社
HUNAN LITERATURE AND ART PUBLISHING HOUSE

博集天卷
CS-BOOKY